금오신화

김시습(金時習, 1435-1493)
(작가·연대 미상)

현대지성 클래식 55

금오신화

金鰲新話

김시습 | 김풍기 옮김 | 한동훈 그림

현대
지성

김시습은 어려서부터 시를 잘 지었는데,

어느 날 번잡한 것을 벗어던지고,

머리 깎고 중이 되어 이름을 '설잠'(雪岑)이라 고쳤다.

...

금오산에 들어가 글[『금오신화』]을 지어

돌방에 감춰두고 말하길,

"후세에 반드시 나를 알아줄 이가 있으리라" 했다.

−김안로,『용천담적기』(龍泉談寂記) 중에서

차례

일러두기

1. 1884년에 동경(東京, 도쿄)에서 간행된 대총본(大塚本)의 영인본을 저본으로 삼아 번역했다. 영인본의 서지사항은 다음과 같다.

    한국학문헌연구소 편, 『금오신화』, 아세아문화사, 1973.

2. 작품 속에 담긴 한시는 깊이 있게 감상할 수 있도록 원문을 함께 넣었다.

3. 특정 대목은 독자가 쉽게 이해할 수 있도록 의역했으며, 필요한 경우 주석을 달았다. 주석 중 일부는 지면의 제약으로 다른 쪽에 넣었다.

4. 『금오신화』에 속한 소설 외에도 김시습 관련 기록 중에서 중요한 문헌을 뽑아 수록했으며, 출전은 글마다 따로 밝혔다.

5. 지명(地名)은 원문을 따랐으므로 오늘날의 행정구역과 다를 수 있다.

6. 중국의 지명과 인명(人名)은 한자의 우리말 독음(讀音)대로 표기했다.

7. 출처를 표기하지 않은 시각 자료는 모두 public domain이다.

만복사의 저포놀이

― 만복사저포기(萬福寺樗蒲記)

이야기의 공간적 배경인 남원 만복사지.

절터와 유적들이 남아 있다(©photo_jeongh/Shutterstock.com).

전라도 남원(南原)에 양생(梁生)[1]이라는 사람이 있었다. 부모를 일찍 여읜 그는 여태 혼인도 못 하고 만복사(萬福寺)[2]의 동쪽 방에서 혼자 살 았다. 방문 밖에는 배나무 한 그루가 서 있었는데, 때마침 봄을 맞아 꽃이 흐드러지게 피었다. 그 모습이 꼭 옥으로 만든 나무에 은 덩어리 가 달린 것 같았다. 양생은 달이 뜨는 밤이면 어김없이 그 나무 밑을 서성거리면서 낭랑하게 시를 읊었다.

한 그루 배꽃은 외로이 서 있는데
가련해라, 달 밝은 밤 져버리다니.
젊은이는 외로운 창가에 홀로 누웠는데
어디서 아름다운 이는 퉁소를 부는가.

---

1   성이 양(梁)씨인 선비
2   고려 문종(文宗) 때 창건한 절로, 전라도 남원 기린산(麒麟山)에 있었으나 임진왜란 때 불
    탔다. 신라 말 도선국사가 창건했다는 이야기도 전해진다.

一樹梨花伴寂寥 可憐辜負月明宵

青年獨臥孤窓畔 何處玉人吹鳳簫

물총새 홀로 외로이 날아가고

짝 잃은 원앙새 맑은 물에 노닌다.

뉘 집에서 바둑 둘 약속 했는가.

한밤중에 등불로 점치며[3] 창에 기대 근심하네.

翡翠孤飛不作雙 鴛鴦失侶浴晴江

誰家有約敲碁子 夜卜燈花愁倚窓

마지막 구절을 읊었을 때 홀연 공중에서 소리가 들려왔다.

"그대가 좋은 배필을 얻고 싶다면, 걱정할 게 무엇이겠는가?"

양생은 이 말을 듣고 마음속으로 기뻐했다.

이튿날은 3월 24일이었다. 이날 만복사에서 등불을 올리며 복을 비는 것이 이 고을의 풍속이었는데,[4] 금년에도 남녀가 무리 지어 몰려가 제각기 소원을 빌었다. 날이 저물어 염불 소리가 그치고 사람들도 집으로 돌아가자 절에는 인적이 뜸해졌다. 양생은 소매 안에 저포(樗蒲)[5]를 넣고 법당에 모셔놓은 불상 앞으로 가더니 이렇게 말했다.

---

3   당시에는 등잔불의 심지 모양을 보고 길흉을 점치는 풍습이 있었다.

4   연등(燃燈)놀이를 말한다. '연등회'라고도 하는 이 놀이는 대보름날이나 초파일 같은 때 절에 가서 등불을 올리고 탑돌이를 하는 것이다.

5   주사위를 던져서 나온 결과로 승부를 가리는 놀이다. 가죽나무[樗]와 부들[蒲] 열매로 주사위를 만들었기 때문에 이런 이름이 붙었다. 중국에서 유래한 놀이가 고려와 조선에 전해졌다는 의견과 우리 고유의 윷놀이를 그렇게 불렀다는 의견이 있다.

"제가 오늘 부처님과 저포놀이를 하고 싶습니다. 만약 제가 지면 불법을 설파하는 자리를 열어 불공을 드리겠습니다. 하지만 부처님이 진다면 아름다운 아가씨를 구해서 제 소원을 꼭 이루어주십시오."

축원을 마치고 나서 저포를 던졌는데, 과연 양생이 이겼다. 그는 즉시 불상 앞에 꿇어앉아 말했다.

"인연은 이미 정해졌습니다. 저를 속이시면 안 됩니다."

그러고는 불단 아래에 숨어서 약속대로 되길 기다렸다.

잠시 뒤 열대여섯 살쯤으로 보이는 아리따운 아가씨가 나타났다. 그녀는 머리를 두 갈래로 땋아 내렸고 옷차림도 깔끔했다. 자태가 어찌나 곱던지 하늘에 사는 선녀 같았으며, 단정하고 근엄한 기운이 온몸에 맴돌았다. 그녀는 손에 들고 있던 기름병을 기울여 등잔에 붓고 향을 꽂은 뒤 세 번 절했다. 그리고 나서는 꿇어앉아 구슬프게 탄식하기 시작했다.

"아, 인생이 아무리 박명(薄命)[6]하다 해도 제게 어찌 이럴 수 있단 말입니까?"

그녀는 부처님에게 호소하는 글을 품속에서 꺼내어 불탁에 올렸다. 글의 내용은 다음과 같다.

아무 고을 아무 땅에 사는 아무개는 아뢰옵니다. 떠올려보면, 지난 번 변방의 방어벽이 무너지면서 왜구가 쳐들어오자 전투가 눈앞에서 벌어졌고 봉홧불은 여러 해 동안 타올랐습니다. 왜구들이 집을 모두 불살라 없앴고 마구 노략질하니 백성은 이리저리 쫓기면서 도

---

6   복이 없고 팔자가 사나움.

망 다니기 바빴습니다. 제 친척과 집안의 하인들도 살길을 찾아 뿔뿔이 흩어졌습니다.

버드나무같이 연약한 몸이라 멀리 피난할 수 없었던 저는 정절을 지키고자 규방(閨房)[7] 깊숙이 들어갔습니다. 덕분에 조금의 허물도 없이 앙화를 피할 수 있었습니다. 부모님께서는 여자의 몸으로 정절을 지키는 것이 옳다고 하시면서, 궁벽하기 이를 데 없는 곳으로 저를 옮겨주셨습니다. 그렇듯 초야에서 임시로 거처한 지가 벌써 3년이나 되었습니다.

그동안 가을에 달이 뜨고 봄에 꽃이 피어도 서글픈 마음으로 헛되이 세월을 보냈고, 들판의 구름과 흐르는 물을 보면서 하루하루를 무료하게 지냈습니다. 인적 없는 골짜기에 숨어 살면서 제 운명이 얼마나 기구한지 탄식합니다. 이 좋은 밤을 외로이 보내며 화려한 난새[8]가 홀로 춤추는 것을 마음 아파했습니다.

날이 가고 달이 바뀌니 이제는 혼백마저 사라져 없어졌습니다. 여름날과 겨울밤이면 간담이 찢어지고 창자는 끊어지는 듯합니다. 원컨대 부처님이시여, 저를 가엾이 여겨주시옵소서. 중생의 삶은 이미 정해진 것이라 업보를 피할 순 없겠지만 제 운명에 따른 인연이 있으리니, 하루빨리 배필을 얻어 인생의 즐거움을 누리게 해주시옵소서. 저의 간절한 기도를 저버리지 마시길 비옵나이다.

---

7 부녀자가 거처하는 방
8 중국 전설에 나오는 상상의 새로 모양은 닭과 비슷하며 깃은 다섯 가지 색이 섞인 붉은빛이라고 한다.

기도를 마치자 그녀는 발원문을 불탁에 던지더니 한참 동안 흐느껴 울었다.

　　불단 틈으로 그녀의 자태를 몰래 지켜보던 양생은 마음을 걷잡을 수 없어서 불쑥 뛰쳐나가 말했다.

　　"조금 전에 발원문을 올린 것은 무슨 일 때문이오?"

　　그는 아가씨가 던진 종이를 집어 들었다. 글을 읽는 동안 그의 얼굴에 기쁜 기색이 가득해졌다.

　　"아가씨는 뉘시기에 홀로 여길 오셨는지요?"

　　그녀가 대답했다.

　　"저 또한 사람입니다. 대체 무엇을 의심하시는 건가요? 당신은 그저 아름다운 배필을 얻으면 될 일이니, 이름은 굳이 물어볼 필요가 없지 않나요? 그렇게 당황하지 않아도 됩니다."

　　당시 만복사는 이미 퇴락한지라 승려들은 절의 한 귀퉁이에서 살고 있었다. 전각 앞에는 행랑만 쓸쓸하게 남아 있었고, 행랑 끄트머리에 판자로 만든 방이 있었는데 무척 비좁고 누추했다. 양생이 그곳으로 이끌자 그녀도 어려워하지 않고 그를 따라 들어갔다. 둘은 여느 사람과 다름없이 한껏 즐거움을 누렸다.

　　한밤중이 되어 달이 동산에 떠올랐고 창문 옆 나뭇가지의 그림자가 창에 드리웠다. 갑자기 발소리가 들리자 아가씨가 말했다.

　　"누구냐? 시녀 아이가 온 것 아니더냐?"

　　시녀가 대답했다.

　　"예, 그렇습니다. 전에는 아가씨께서 행차하시더라도 중문(中門)을 넘지 않으셨고, 기껏해야 몇 걸음밖에 하지 않으셨습니다. 그런데 어제저녁에는 우연히 외출하시더니 어찌 이 지경에 이르셨습니까?"

그러자 아가씨가 말했다.

"오늘 밤의 일은 아마 우연이 아닐 거다. 하늘이 도우시고 부처님께서 돌보신 덕에 고운 임을 만나 해로(偕老)하게 되었다. 부모님께 아뢰지 않고 남편을 맞이한 처사가 예법에 어긋나지만, 서로 즐거이 맞이하게 되었으니 이 또한 평생의 기이한 인연이다. 너는 집으로 가서 앉을 만한 자리를 챙기고 술과 과일을 가져오너라."

시녀는 즉시 분부대로 했고, 잠시 뒤 뜰에 자리를 마련해놓았다. 시간은 벌써 사경(四更)⁹이 되었다. 펼쳐놓은 방석과 탁자는 무늬가 없이 소담스러웠으나 술에서는 인간 세상의 음식이 아닌 듯한 향기가 풍겼다. 양생은 의아하고 괴이한 마음이 들었지만, 웃으며 이야기하는 아가씨의 태도가 맑고 어여쁜 데다 여유가 넘쳤기에, 필시 귀한 집 처자가 담장을 넘어 밖에 나온 것이라 여기고 조금도 의심하지 않았다.

그녀는 양생에게 술잔을 올리면서 시녀에게 노래를 불러 흥을 돋우라고 했다. 그러고는 다시 양생을 보며 말했다.

"이 아이가 부른 노래는 옛 곡조입니다. 청컨대 제가 한 곡 지어서 술을 권하는 것이 어떻겠습니까?"

양생은 기쁜 마음으로 대답했다.

"좋습니다."

아가씨는 즉시 〈만강홍〉(滿江紅) 곡에 맞추어 새 가사를 짓고, 시녀에게 노래를 부르도록 했다. 내용은 다음과 같다.

쌀쌀한 봄추위에 비단 적삼 얇은데

9　하룻밤을 오경(五更)으로 나눈 넷째 부분으로, 새벽 1시에서 3시 사이

애끊는 슬픔 몇 번이던가.

향로에 불 꺼져 싸늘하고

저물녘 산은 검푸른 눈썹처럼 엉기어가고

저녁 구름은 일산[10]처럼 퍼진다.

비단 장막 원앙 이불엔 짝할 사람 없는데

금비녀 반만 드리우고 퉁소를 부네.

가엾어라, 세월은 탄환처럼 빨리도 흐른다.

괴로운 마음이여, 등잔엔 불 꺼지고 병풍은 짧은데

그저 눈물 거두고 뉘를 따라 사랑하리?

기뻐라, 오늘 밤 피리를 불어 봄이 돌아왔구나.

내 아름다운 마음에 천고의 한을 없애고

금루곡(金縷曲) 나직이 노래하며 은잔을 기울인다.

후회스러워라, 한스러운 마음 품었던 옛날이여.

눈썹 찡그리며 외로운 방에서 잠들곤 했지.

惻惻春寒羅衫薄 幾回腸斷 金鴨冷 晚山凝黛 暮雲張繖

錦帳鴛衾無與伴 寶釵半倒吹龍管 可惜許 光陰易跳丸 中情懣

燈無焰銀屛短 徒收淚誰從款 喜今宵鄒律一吹回暖

破我佳城千古恨 細歌金縷傾銀椀 悔昔時抱恨 蹙眉兒眠孤館

노래가 끝나자 아가씨는 낯빛을 바꾸며 말했다.

"예전에 봉래섬에서 만나기로 했던 약속을 어겼습니다만, 오늘 소
상강에서 옛사람을 만나게 되었으니 어찌 천행이 아니겠습니까? 낭

---

10   햇볕을 가리기 위해 쓰는 양산

군께서 만약 저를 멀리하여 버리지 않으신다면, 평생 낭군의 시중을 들겠습니다. 만약 제 소원을 들어주지 않으신다면 저는 당신 곁을 영원히 떠나겠습니다."

양생은 이 말을 듣고 한편으로는 감동하고, 또 한편으로는 놀라면서 말했다.

"어찌 감히 그대의 명을 따르지 않겠소."

그렇지만 아가씨의 태도가 범상치 않았으므로 양생은 그녀의 행동을 유심히 바라보았다.

때마침 달이 서쪽 봉우리에 걸리고 황량한 마을에서는 닭이 울었다. 절에서 들려오는 종소리와 함께 새벽하늘이 부옇게 밝아왔다.

그녀가 말했다.

"애야. 자리를 걷어서 돌아가자꾸나."

시녀는 대답하자마자 사라졌는데, 어디로 갔는지는 알 수 없었다. 아가씨가 이번에는 양생에게 말했다.

"인연이 이미 정해졌으니, 저와 손을 잡고 가시지요."

양생은 그녀의 손을 잡고 마을을 지나갔다. 개가 울타리 밑에서 짖고 사람들이 길을 오갔지만, 그가 그녀와 함께 걷고 있다는 사실을 아무도 알아차리지 못했다. 그저 아침 일찍부터 어디를 다녀오는지 그에게 물어볼 뿐이었다. 양생은 이렇게 대답했다.

"만복사에서 술에 취해 누웠다가 친구네 마을로 가는 길입니다."

날이 밝아 아침이 되자 그녀는 양생을 풀숲 사이로 이끌었는데, 이슬이 흠뻑 내린 데다 길마저 분명치 않아 어디로 가야 할지 알 수 없었다. 양생이 말했다.

"사는 곳이 어찌 이렇습니까?"

아가씨가 대답했다.

"혼자 사는 여인의 거처가 원래 이런 법이지요."

그녀는 또 농담 삼아 『시경』(詩經) 한 구절을 읊었다.

촉촉이 젖은 길가의 이슬

깊은 밤이라고 어찌 가지 않겠습니까만

이슬이 많아서 다니지 못합니다.[11]

於邑行路 豈不夙夜 謂行多露

양생도 농담 삼아 『시경』 구절로 화답했다.

여우가 홀로 어슬렁거리며

기수(淇水) 다리 위에 있구나.

노나라 길 평탄하니

제나라 사람 서성거리네.[12]

有狐綏綏 在彼淇梁 魯道有蕩 齊子翱翔

---

11 『시경』 중 「소남」(召南) 편 "행로"(行露) 장의 첫 번째 연이다. 주자의 주석에 따르면, 이 작품은 여성이 늦은 밤이나 새벽에 다니지 않는 이유가 봉변을 당할까 봐 두렵기 때문이라는 내용을 읊었다고 한다.

12 양생이 노래하는 부분은 『시경』에서 두 군데를 가져와 합친 것이다. 앞의 두 구절은 「위풍」(衛風) "유호"(有狐) 장에서 가져왔는데, 여우가 기수 다리 위를 어슬렁거리면서 짝을 찾는 모습을 노래했다. 뒤의 두 구절은 「제풍」(齊風) "재구"(載驅) 장에서 가져왔는데, 주자의 주석에 따르면, 이는 문강(文姜)이 수레를 타고 와서 양공(襄公)과 만나는 것을 제나라 사람들이 풍자한 노래라고 한다. 여기서는 아가씨와 양생의 만남을 비유한 표현이다.

시를 읊조리고 마음껏 웃으며 함께 걷던 두 사람은 드디어 개녕동(開寧洞)에 도착했다. 쑥대가 들판을 덮었고 가시덤불은 하늘을 찌르는 곳에 아담하지만 무척 아름다운 집 한 채가 서 있었다. 아가씨가 양생을 맞이해서 함께 들어가니, 정갈하기 그지없는 이부자리와 휘장이 있었는데, 모든 게 어젯밤 펼쳐놓았던 것과 같았다.

양생은 그곳에서 사흘을 머물며 평소와 같은 기쁨을 누렸다. 시녀는 아름다우면서도 약삭스럽지 않았고 그릇은 깨끗하면서도 화려하지 않았으니, 이곳은 인간 세상이 아닌 듯했다. 하지만 양생은 아가씨의 은근한 정에 이끌려서 다시는 그런 생각을 하지 않았다.

이윽고 그녀가 양생에게 말했다.

"이곳의 사흘은 인간 세상의 3년입니다. 당신은 이제 마땅히 집으로 돌아가서 생업을 돌봐야 합니다."

마침내 이별 잔치를 열고 헤어지게 되자 양생은 슬퍼하며 말했다.

"이별이 어찌 이리도 빠르단 말이오?"

그녀가 대답했다.

"반드시 다시 만나 평생의 소원을 모조리 풀 수 있을 겁니다. 오늘 누추한 이곳까지 오신 것은 묵은 인연이 있기 때문이지요. 이제 이웃의 친척들을 만나보시는 게 어떨까요?"

"그렇게 합시다."

아가씨는 즉시 시녀에게 명해서 사방의 이웃에게 소식을 전하고 한자리에 모이도록 했다. 초대에 응한 사람들은 정씨(鄭氏), 오씨(吳氏), 김씨(金氏), 유씨(柳氏)였다. 모두 존귀하고 권세 있는 가문의 딸이었으며, 아가씨와 같은 마을에 사는 친척 처녀들이었다. 네 여인은 하나같이 온화한 성품을 지녔고 자태가 범상치 않았다. 그뿐만 아니라 총명

하고 문자를 깨우쳐 시문을 지을 줄 알았다. 그녀들은 모두 칠언단편
(七言短篇)을 네 수씩 지어서 양생에게 이별 선물로 주었다.

구름 같은 쪽머리가 귀밑을 살짝 가린 정씨는 몸에서 풍류가 배어
나는 여인이었다. 그녀는 살짝 감탄하더니 곧바로 시를 읊었다.

봄밤에 꽃과 달빛 모두 어여쁜데
오랫동안 봄 시름 속에 그 세월 얼마던가.
스스로 한스러워라, 비익조[13]처럼
짝지어 푸른 하늘에서 노닐지 못한 것이.
春宵花月兩嬋娟 長把春愁不記年
自恨不能如比翼 雙雙相戲無靑天

불꽃 없는 등불에 밤은 얼마나 깊었는가.
북두칠성 막 비끼고 달은 반쯤 기울었네.
슬프다, 깊숙한 집엔 찾아오는 사람 없으니
푸른 적삼 어지럽고 귀밑머리 헝클어졌네.
漆燈[14]無焰夜如何 星斗初橫月半斜
惆悵幽宮[15]人不到 翠衫撩亂鬢鬖髿

---

13 상상의 새로, 눈과 날개가 하나씩 있어서 두 마리가 몸을 붙여야 비로소 날 수 있다. 13경
(經)의 하나인 『이아』(爾雅)에서는 "남방에 비익조란 새가 있는데 나란히 붙지 않으면 날지
못한다"[南方有比翼鳥 不比不飛]라고 했다.
14 칠등(漆燈)은 '옻칠을 한 등잔'이라는 뜻으로, 무덤 속을 밝히기 위해 커는 등을 말한다.
15 유궁(幽宮)은 '어두운 궁전'이라는 뜻으로, 무덤을 지칭한다.

매화 지니[16] 사랑의 기약 속절없이 어긋났고

봄바람도 저버리니 모든 일은 지나갔다.

베갯머리 눈물 자국 몇 군데런가

뜰 가득 산비(山雨)가 배꽃을 때리는데.

標梅情約意蹉跎 辜負春風事已過

枕上淚痕幾圓點 滿庭山雨打梨花

한 봄의 마음은 하릴없이 스러지고

적막한 텅 빈 산에서 지낸 밤 얼마런가.

남교(藍橋)[17]에 지난 나그네 보이지 않으니

언제나 배항(裴航)처럼 운교를 만나볼까.[18]

一春心事已無聊 寂寞空山幾度宵

不見藍橋經過客 何年裴航遇雲翹

　　머리를 두 갈래로 땋은 오씨는 무척 예쁘고 날씬했다. 그녀는 정겨운 감흥을 억누를 수 없었던 터라 정씨에 이어서 시를 읊었다.

　　절에서 향 올리고 돌아오는 길에

16　『시경』(詩經)의 "표유매"(摽有梅) 장에 있는 구절을 인용한 것으로, 매화가 떨어져 시드는 것을 혼기(婚期) 놓친 처녀에 빗대어 한 말이다. 적절한 시기에 혼인해야 함을 암시한다.

17　중국 섬서성(陝西省) 남전현(藍田縣) 동남쪽에 있는 땅 이름이다. 전하는 이야기에 따르면 그곳에 신선이 사는 굴이 있는데, 당(唐)나라 때 배항이 운영(雲英)을 만난 곳이라고 한다.

18　배항과 운교는 당나라 사람이다. 배항이 벼슬에 오르지 못했을 때 운교라는 부인을 만났는데, 그녀는 남교에 가면 신선이 사는 굴이 있다고 일러주었다. 훗날 배항은 남교로 가서 운영을 만났다.

돈을 몰래 던지니, 끝내 누가 중매 섰나.

봄꽃 가을 달 그지없는 한이여,

술단지 앞 한 잔 술로 씻어나 보자.

寺裡燒香歸去來 金錢暗擲竟誰媒

春花秋月無窮恨 銷却樽前酒一盃

방울방울 새벽이슬 복사꽃 같은 뺨 적셨는데

깊은 골에 봄 깊어도 나비는 날아오지 않는다.

이웃집 거울 합쳐진 일 기뻐하나니,[19]

새로운 곡조 또 노래하며 금잔에 술 따른다.

薄薄曉露浥桃腮 幽谷春深蝶不來

却喜隣家銅鏡合 更歌新曲酌金罍

해마다 오는 제비 동풍에 춤추는데

애끊는 춘심(春心)에 모든 일이 헛되구나.

부러워라, 연꽃은 여전히 꽃받침을 나란히 하고

밤 깊어도 연못에서 함께 목욕하나니.

年年燕子舞東風 腸斷春心事已空

羡却芙蕖猶幷蒂 夜深同浴一池中

한 층 누각이 푸른 산 속에 있는데

연리지 우듬지에 꽃이 정녕 붉구나.

---

19   거울이 합쳐졌다는 것은 남녀가 인연을 맺어서 혼인한다는 의미다.

한스러워라, 인생이 나무만도 못하다니,

기구한 젊은 시절 눈물 맺힌 눈동자여.

一層樓在碧山中 連理枝頭花正紅

却恨人生不如樹 靑年薄命淚凝瞳

이때 김씨가 몸을 바로 하더니 의젓한 모습으로 붓을 잡았다. 그녀는 앞서 읊은 시가 지나치게 음란하다고 질책한 뒤 이렇게 말했다.

"오늘의 일은 말을 많이 할 필요가 없어요. 그저 지금의 광경을 써 내려가면 됩니다. 어찌 자신의 속마음을 말해서 절개를 잃을 뿐 아니라 우리 마음을 인간 세상에 전하려 하는 건가요?"

그녀는 이어서 시를 짓고 낭랑한 목소리로 읊었다.

첫새벽 바람 속에 두견새 울고

희미한 은하수는 동쪽으로 기울었다.

또다시 옥통소 불지 마오.

이 모습 속세 사람이 알까 두렵네.

杜鵑鳴了五更風 寥落星河已轉東

莫把玉簫重再弄 風情恐與俗人通

맛난 술 좋은 잔에 가득 부어서

술 많다 사양 말고 흠뻑 취하세.

내일 아침 동풍이 땅을 말아 올리며 거세게 불어오면

한 조각 봄빛이야 꿈결 같으리.

滿酌烏程²⁰金叵羅²¹ 會須取醉莫辭多

明朝捲地東風惡 一段春光奈夢何

푸른 비단 옷소매를 느긋하게 드리우고

악기 연주 소리 들으며 백 잔 술을 마신다.

맑은 흥 끝나지 않았으니 돌아갈 수 없는 노릇,

다시 새로운 말로 새로운 노래 지으리.

綠紗衣袂懶來垂 絃管聲中酒百巵

清興未闌歸未可 更將新語製新詞

구름 같은 고운 머리 먼지 된 지 몇 해런가.

오늘 그대를 만나 얼굴 한 번 펴노라.

고당의 운우지사 말하지 마오,

풍류로운 이야기 인간 세상에 퍼질까 두렵다오.

幾年塵土惹雲鬟 今日逢人一解顏

莫把高唐²²神境事 風流話柄落人間

유씨는 옅은 화장에 흰옷을 입고 있어서 겉모습이 화려하지는 않

---

20 오정(烏程)은 술의 이름이다. 『환우기』(寰宇記)에서는 "옛날 오정으로 술을 빚었기 때문에 현 이름으로 했으며, 또 술을 가리켜 오정이라고도 한다"[古烏程 能釀酒 故以名縣 又指酒 爲 烏程]라고 언급했다.

21 금파라(金叵羅)는 금으로 만든 술잔을 가리킨다.

22 고당(高唐)은 초(楚)나라의 큰 연못 중 하나인 운몽(雲夢) 가운데 있던 누대의 이름이다. 이곳에서 초나라 양왕(襄王)이 꿈에 선녀와 만나 정교(情交, 육체관계)했다는 고사가 있다.

았으나 몸에 법도가 배어 있었다. 그녀는 내내 침묵을 지켜 말을 하지 않다가 빙그레 웃고는 시를 지었다.

> 그윽하고 곧은 절개 굳게 지킨 지 몇 해런가?
> 향기로운 혼, 옥 같은 뼈는 구천에 묻혀 있네.
> 봄날 저녁 매양 항아[23]와 짝하더니
> 계수나무꽃 옆에서 홀로 잠자는 걸 좋아하네.
> 確守幽貞經幾年 香魂玉骨掩重泉
> 春宵每與姮娥伴 叢桂花邊愛獨眠

> 우습구나, 봄바람에 복숭아꽃 오얏꽃은
> 하늘하늘 만 개의 점으로 남의 집에 떨어진다.
> 내게는 평생토록 더러운 일 없으리니
> 곤산의 옥[24]에 티끌이 잘못 만들어질세라.
> 却笑東風桃李花 飄飄萬點落人家
> 平生莫把靑蠅點 誤作崑山玉上瑕

> 연지와 분 대충 바르고 머리는 쑥대강이
> 화장대에는 먼지 앉고 거울에는 녹이 났다.
> 오늘 아침 다행히 이웃 잔치에 참여하니

---

23 달에 산다는 전설 속의 선녀
24 곤륜산(崑崙山)에서 나는 아름다운 옥(玉)을 가리킨다. 중국의 서쪽 끝에 있다는 곤륜산에는 선녀인 서왕모(西王母)가 산다고 하며, 아름답고 질 좋은 옥 생산지로 유명하다.

화관(花冠)에 장식한 붉은 꽃, 보기에 부끄럽다.

脂粉慵粘首似蓬　塵埋香匣綠生銅

今朝幸預隣家宴　羞看冠花別樣紅

아가씨는 이제 선비님을 만났으니

하늘이 정한 인연 한평생 향기로우리.

월하노인[25] 이미 거문고 줄[26] 전했나니

이제부터 서로 양홍 맹광[27]처럼 지내소.

娘娘今配白面郎　天定因緣契闊香

月老已傳琴瑟線　從今相待似鴻光

아가씨는 유씨가 읊은 시에 감동해서 일어나 말했다.

"저 또한 글자의 획은 대강 아는 처지니, 어찌 저만 시를 읊지 않을 수 있겠습니까?"

그러고는 곧바로 근체시[28] 칠언율시 한 편을 지었다.

개녕동 안에서 봄 근심 안고 있어

꽃이 지고 꽃이 피니 온갖 시름 느낀다.

25　남녀의 끈을 이어주어 결혼하게 해준다는 신인(神人)

26　원문의 "금슬"(琴瑟)은 거문고와 비파를 아울러 이르는 말로 부부간의 사랑을 뜻한다.

27　양홍(梁鴻)은 동한(東漢) 때의 은사(隱士, 벼슬하지 않고 숨어 사는 선비), 맹광(孟光)은 그의 아내다. 부잣집 딸이었던 맹광은 양홍의 뜻을 받들어 검소하게 생활했으며, 한평생 남편을 도와 밭 갈고 베 짜면서 부부의 도리를 지켰다고 한다.

28　구수(句數), 자수, 평측(음운의 높낮이) 등을 엄격하게 규정한 한시

초나라 골짜기 구름 속[29]에 그대는 보이지 않고

소상강[30] 대나무 아래 눈물 가득한 눈동자.

맑은 강 날은 따뜻해 원앙새는 쌍쌍이 놀고

푸른 하늘 구름 없으니 물총새 노닌다.

좋구나, 동심결[31]을 우리도 맺어

비단부채[32] 맑은 가을을 원망하지 않도록 하세.

開寧洞裏抱春愁 花落花開感百憂

楚峽雲中君不見 湘江竹下泣盈眸

晴江日暖鴛鴦幷 碧落雲銷翡翠遊

好是同心雙綰結 莫將紈扇怨淸秋

양생 또한 문장에 능한 사람이었으므로, 그녀들의 시 쓰는 법도가 맑고 높으며 소리가 맑게 울리는 것을 진심으로 칭찬했다. 그러고는 즉석에서 고풍장단편(古風長短篇) 한 수를 지어 답했다.

오늘 밤은 어떤 밤인가,

---

29 초나라 양왕이 무산(巫山) 신녀(神女)를 만나 운우(雲雨)의 즐거움을 나누었다는 고사를 차용한 표현

30 중국의 강 이름으로, 소수(瀟水)와 상수(湘水)를 함께 이른다. 상수는 광서성(廣西省) 흥안현(興安縣)에서 흘러나와 호남성(湖南省) 동정호(洞庭湖)로 빠지고, 소수는 그 지류다. 경치가 무척 좋아서 소상팔경(瀟湘八景)이란 이름이 붙었다. 순임금[舜帝]의 두 비(妃) 아황(娥皇)과 여영(女英)이 남편의 부고를 듣고 이곳에서 울었는데, 그 피눈물이 대나무에 묻어서 반죽(斑竹, 표피에 반점이 있는 대나무)이 되었다는 이야기가 전해진다. 또한 그들이 순임금을 따라 상강에 몸을 던져 죽었으므로, 동정호 군산에 이들의 무덤이 있다고 한다.

31 부부가 서로의 마음이 변치 않기를 맹세하며 짓는 매듭

32 버림받은 여인을, 여름에 쓰다가 가을이 되면 더는 찾지 않는 부채에 비유했다.

이처럼 고운 선녀를 만나다니.

꽃 같은 얼굴은 어찌 그리 어여쁜지,

붉은 입술은 앵두 같아라.

시문마저 더욱 교묘하니

이안(易安)³³도 입을 다물리라.

직녀는 베틀 던져둔 채 은하에서 내려오고,

항아는 방아질 그만두고 선계(仙界)를 떠났네.

아름답게 화장하여 멋진 잔치 자리 비추고

술잔 서로 주고받으니 맑은 자리 즐거워라.

남녀 간 즐거운 정 익숙지는 않지만

술 따르며 나지막이 노래하는 건 서로 흥겨워라.

봉래섬으로 잘못 들어온 게 절로 기쁘니

여기서 신선 세계 풍류로운 무리를 만났도다.

맛있는 술은 향기로운 술독에 넘쳐 나고

좋은 향은 안개처럼 금예로³⁴에서 피어난다.

백옥상 앞에는 향기로운 가루 흩날리고

산들바람은 푸른 비단 장막 살랑이는데,

그대 나를 만나 부부의 잔을 드니

오색구름 뭉게뭉게 서로 엉겨 있어라.

그대는 듣지 못했는가, 문소가 채란을 만난 이야기³⁵를.

---

33 송(宋)나라 때의 여류 시인 이청조(李淸照)의 호

34 사자 모양을 본떠 만든 금향로

35 진(晉)나라 때 문소(文簫)라는 서생(書生)이 선녀 오채란(吳彩鸞)을 만나 혼인했다는 고사
　　가 있다.

장석이 난향을 만난 이야기[36]를.

인생에서 서로 합치는 것 진정 인연이 있나니

모름지기 술잔 들어 흠뻑 취해봅시다.

낭자는 어찌하여 경솔히 말씀하시는가,

가을바람에 부채 버리듯 하시다니.

세세생생[37]토록 부부가 될진대

꽃 앞 달빛 아래서 거닐어봅시다.

今夕何夕 見此仙妹 花顏何婥妁 絳唇似櫻珠

風騷尤巧妙 易安當含糊 織女投機下天津 嫦娥抛杵離淸都

靚粧照此玳瑁筵 羽觴交飛淸讌娛 巫雨尤雲雖未慣 淺斟低唱相怡愉

自喜誤入蓬萊島 對此仙府風流徒 瑤漿瓊液溢芳樽 瑞腦霧噴金猊爐

白玉床前香屑飛 微風撼波靑紗廚 眞人會我合 厄 綵雲冉冉相縈紆

君不見文蕭遇彩鸞 張碩逢杜蘭 人生相合定有緣 會須擧白相闌珊

娘子何爲出輕言 道我奄棄秋風紈 世世生生爲配耦 花前月下相盤桓

술자리가 끝나고 이별의 시간이 다가왔다.

아가씨는 은그릇을 하나 꺼내서 양생에게 주며 말했다.

"내일 제 부모님이 저를 위해서 보련사(寶蓮寺)에 음식 공양을 올리실 겁니다. 길가에서 기다리다가 함께 절로 들어가서 부모님을 뵙는 것이 어떨까요?"

양생이 대답했다.

---

36   한(漢)나라 때의 선인(仙人) 장석(張碩)은 선녀 두난향(杜蘭香)과 부부의 연을 맺었다.
37   몇 번이든 다시 환생하는 일 또는 그런 때

"좋습니다."

다음 날 양생은 그녀의 말대로 은그릇을 들고 길가에서 기다렸다. 과연 대단한 집안의 사람들이 딸의 대상(大祥)[38]을 맞아 명복을 빌기 위해 수레와 말을 요란스럽게 이끌고 보련사로 올라오고 있었다. 잠시 뒤 양생이 은그릇을 들고 길가에 서 있는 모습을 본 하인이 주인에게 아뢰었다.

"아가씨 무덤에 함께 묻었던 물건을 벌써 도둑맞은 것 같습니다."

주인이 물었다.

"그게 무슨 말이냐?"

하인은 한쪽을 가리키며 답했다.

"저 서생이 가지고 있는 그릇 말씀입니다."

주인이 행차를 멈추고 속사정을 묻자, 양생은 전에 아가씨와 약속한 내용으로 답했다. 아가씨의 부모는 의아한 생각이 들어서 한참 동안 가만히 있다가 입을 열었다.

"내게는 딸아이 하나만 있었네. 왜구가 쳐들어와서 난리가 났을 때, 그놈들의 무기에 목숨을 잃었지. 다급한 나머지 무덤도 제대로 쓰지 못하고 개녕사 부근에 임시로 묻어주었어. 그런 뒤에 차일피일 시간만 보내다가 장례를 치르지 못한 채로 지금에 이르고 말았네. 오늘 대상을 지내는 날이 되어서, 잠시 재(齋)를 올려 명복을 빌 생각이라네. 자네가 만약 내 딸아이와 그런 약속을 했다면, 그 아이를 기다렸다가 함께 오게나. 너무 놀라지 말길 바라네."

그들은 말을 마친 뒤 먼저 절로 올라갔다.

---

38   사람이 죽은 지 두 돌 만에 지내는 제사

양생은 길가에 우두커니 서서 기다렸다. 약속한 시간이 되자 한 여인이 시녀를 데리고 허리를 하늘거리면서 다가왔다. 바로 그 아가씨였다. 둘은 몹시 기뻐하면서 손을 잡고 절로 향했다. 아가씨는 절의 문에 들어서서 부처님께 예를 표하더니 흰색 휘장 안으로 들어갔다. 그렇지만 그녀의 모습을 볼 수 없었던 친척들과 승려들은 그 사실을 믿지 않았다. 그녀는 오직 양생의 눈에만 보였을 뿐이다.

아가씨가 양생에게 말했다.

"같이 식사해요."

양생은 그 말을 그녀의 부모에게 전했다. 부모는 시험해볼 겸 둘이 함께 밥을 먹도록 했다. 그렇지만 모습은 보이지 않고 오직 숟가락과 젓가락 소리만 들릴 뿐이었는데, 사람의 기색과 완전히 같았다. 놀라기도 하고 감탄하기도 한 그녀의 부모는 양생에게 휘장 옆에서 함께 동침하도록 권했다. 한밤중이 되자 말소리가 낭랑하게 울렸는데, 사람들이 자세히 들으려고 귀를 기울이면 곧 소리가 끊어졌다.

아가씨가 말했다.

"제 처신이 법도에서 벗어났다는 것은 잘 압니다. 저도 어릴 적에 『시경』과 『서경』(書經)을 읽어서 대략이나마 예의를 알고 있으니까요. 『시경』의 "건상"(褰裳) 장[39]과 "상서"(相鼠) 장[40]을 암송하고 있으니, 부끄러움을 모르는 것도 아닙니다. 그렇지만 쑥대머리 우거진 황폐한 곳에 오래도록 거처하면서 들판에 버려진 신세였기 때문에, 풍류로운 마음이 한번 일어나자 끝내 걷잡을 수가 없었습니다. 지난번 절에서

---

[39] 『시경』「정풍」(鄭風)의 편(篇) 이름으로, 음녀(淫女)가 남자 애인에게 속삭이는 내용이다.

[40] 『시경』「용풍」(鄘風)의 편 이름이며, 무례함을 비난한 시다.

복을 빌고 부처님 전에 향을 사르며 저의 기구한 인생을 한탄했습니다. 그런데 뜻밖에도 삼세(三世)[41]의 인연을 만났지요. 머리에 가시나무 비녀를 꽂은 가난한 살림살이일망정 백 년 동안 높은 절개를 받들고 싶었으며, 술을 거르고 바느질을 하면서 평생토록 아내의 도를 닦고 싶었습니다. 업보를 피할 수 없고 저승으로 가는 게 마땅하지만, 그런 처지가 참으로 한스럽습니다.

즐거움을 다 누리지도 못했는데 갑자기 슬픈 이별이 닥쳐왔습니다. 이제 제 발걸음을 저 병풍 안으로 들이면 아향(阿香)[42]은 운명의 수레를 돌릴 겁니다. 구름과 비는 양대(陽臺)에서 갤 것이고, 까막까치는 은하에서 흩어지겠지요. 이렇게 이별하면 훗날 만나자는 기약은 하기 어려울 겁니다. 이별을 맞닥뜨리고 나니 슬프고 당황스러워서 무슨 말씀을 드려야 할지 모르겠습니다."

혼을 떠나보내는 시간이 되자 사람들의 곡소리가 끊이지 않았다. 그녀가 문밖에 이르렀을 때 말소리가 은은하게 들려왔다.

저승의 운수에 기한이 있어
슬프게도 이별을 하려 합니다.
원컨대 낭군께서는
혹시라도 저를 소홀히 하지 말아주세요.
슬프고 슬프도다 부모님이여,
내 배필 못 구해주셨네.

---

41 전세(前世), 현세(現世), 내세(來世)를 뜻하는 불교 용어
42 신선들의 탈것인 뇌거(雷車)를 끄는 신녀(神女)의 이름

아득하여라 구천이여,

마음에 한이 맺히네.

冥數有限 慘然將別 願我良人 無或疎闊

哀哀父母 不我匹兮 漠漠九原 心紏結兮

소리가 점점 희미해졌고, 나중에는 오열과 분간이 되지 않았다. 그녀의 부모는 이미 그간의 사실을 알게 되어 다시는 의문을 품지 않았다. 양생 역시 그녀가 귀신이었다는 사실을 알고 더더욱 가슴 아파하면서, 그녀의 부모와 머리를 맞대고 펑펑 울었다.

부모가 양생에게 말했다.

"이 은그릇은 자네 처분에 맡기겠네. 그리고 딸아이 앞으로 밭 몇 이랑과 하인 몇 사람이 있으니, 자네는 이것을 신표로 삼아서 내 딸을 잊지 말게나."

다음 날, 양생은 제수로 올릴 고기와 술을 준비해서 옛 자취를 찾아갔다. 과연 시신을 임시로 묻었던 곳이었다. 그는 제사상을 올리고 구슬피 통곡하면서, 지전(紙錢)을 불사르며 마침내 장례를 치렀다. 그런 다음 제문(祭文)을 지어 넋을 위로했다.

영령이시여,

살아서는 온화하고 아름다웠으며

자라서는 맑고 고요했네.

자태는 서시(西施)[43]와 짝할 만했고

---

43   미인의 대명사로 알려진 중국 춘추(春秋)시대 월(越)나라 여인

시문은 숙진(淑眞)[44]보다 높았어라.

규방 밖으로 나서지 않고

항상 부모님의 가르침을 들었네.

난리를 만났어도 절의(節義)[45]를 완벽하게 지켰으나

왜구를 만나 고운 모습 사라졌네.

다북쑥 우거진 곳에 의탁하여 홀로 지냈고

꽃과 달빛 마주하며 마음 아파했도다.

봄바람에 애끊으며 두견새 피울음 소리에 슬퍼했고,

가을 서리에 마음 찢어지며 인연 만나지 못한 비단부채를 탄식했네.

지난번 하룻밤 그대 만나 마음을 맺었으니,

저승과 이승이 서로 떨어져 있다 해도

진실로 물고기와 물의 즐거움을 다하면서

백 년토록 함께 늙어가려 했는데,

이렇듯 하루 저녁 지내고 슬퍼할 줄 어찌 알았으랴.

그대는 달에서 난새를 타는 선녀가 되고

무산에서 비를 뿌리는 신녀가 되었으리.

땅은 깜깜해져 돌아갈 곳을 모르겠고

하늘은 막막하여 바라보기도 어렵구나.

집에 들어가도 말없이 멍하니 있고

밖에 나와도 갈 곳 없이 황망하게 지내네.

영혼 모신 휘장 마주하면 눈물 터지고

---

44 송나라 여류 시인 주숙진(朱淑眞)

45 절개와 의리

향기로운 술 따르면 더욱더 가슴 아파라.

어여쁜 모습이 느껴지고

낭랑한 말소리 생각나네.

아! 슬프도다.

그대 성품 총명하고 지혜로웠으며

그대 기운 맑았나니

삼혼(三魂)[46] 이제 흩어진들

영령이야 없어지리까.

응당 강림(降臨)하여 뜰을 거닐고

맑은 향기 풍기며 내 곁에 머무시리.

삶과 죽음이 다르더라도

이 글에 감응해주소서.

惟靈 生而溫麗 長而淸渟 儀容侔於西施 詩賦高於淑眞

不出香閨之內 常聽鯉庭之箴 逢亂離而璧完 遇寇賊而珠沈

托蓬蒿而獨處 對花月而傷心 腸斷春風 哀社鵑之啼血

膽裂秋霜 歎紈扇之無緣 嚮者 一夜邂逅 心緖纏綿

雖識幽明之相隔 實盡魚水之同歡 將謂百年以偕老 豈期一夕而悲酸

月窟驂鸞之妹 巫山行雨之娘 地黯黯而莫歸 天漠漠而難望

入不言兮恍惚 出不逝兮蒼茫 對靈幃而掩泣 酌瓊漿而增傷

感音容之窈窈 想言語之琅琅 嗚虖哀哉 爾性聰慧 爾氣精詳

三魂從散 一靈何亡 應降臨而陟庭 或薰蒿而在傍

雖死生之有異 庶有感於些章

---

46 사람 마음속에 깃들어 있다고 하는 세 개의 혼

그 뒤에도 마음속 슬픔을 이기지 못한 양생은 물려받은 밭과 집을 모두 팔고 여러 날 저녁을 절에 머물며 재를 올렸다. 그러자 공중에서 아가씨의 말소리가 들렸다.

"낭군께서 재를 올리며 명복을 빌어주신 덕분에, 저는 다른 나라에서 남자로 태어나게 되었습니다. 저승과 이승이 멀리 떨어져 있기는 하지만 진실로 깊이 감사드립니다. 당신도 다시 깨끗한 선업(善業)을 닦아서 함께 윤회를 벗어나도록 합시다."

양생은 그 뒤로 다시는 혼인하지 않고 지리산으로 들어가 약초를 캐며 살았다. 그가 어디서 삶을 마쳤는지는 아는 이가 없다.

이생이 담 너머 아가씨를 엿보다

— 이생규장전(李生窺牆傳)

| 개성의 성균관 유적. 주인공 이생은 국학(성균관)에서 공부하는 유생이다.

◈◈◈

송도(松都) 낙타교(駱駝橋)[47] 옆에 이생(李生)이라는 사람이 살았다. 열여덟 살인 그는 풍모가 맑고 자질이 빼어났다. 일찍부터 국학(國學)[48]에서 공부했는데, 오가는 길에도 늘 시를 읽었다. 그가 다니는 길옆에는 선죽리(善竹里)라는 마을이 있었다. 그곳에는 유수한 가문의 집이 있었고, 거기에 최씨(崔氏) 처녀가 살았다. 열대여섯 살쯤 된 그녀는 용모가 무척 아리땁고 수를 잘 놓았을뿐더러 시를 짓는 재주도 뛰어났다. 이런 이유로 사람들은 둘을 이렇게 칭찬하곤 했다.

"풍류로운 이씨네 아들, 말쑥한 최씨네 아가씨. 재주와 얼굴 먹을 수만 있다면, 굶주린 배를 채울 수 있으리"[風流李氏子 窈窕崔家娘 才色若可餐 可以療飢腸].

이생이 옆구리에 책을 끼고 국학으로 갈 때면 늘 최씨네 집 북쪽

---

47 옛날 개성(開城)에 있던 다리 이름으로 탁타교(橐駝橋)라고도 한다. 원래 이름은 만부교(萬夫橋)였는데, 고려 태조 때 거란에서 보내온 낙타 50필을 이곳에서 굶겨 죽인 사건이 있은 뒤로 이렇게 불렸다.

48 성균관(成均館)을 이르는 말이며 개성의 탄현문(炭峴門) 안에 있었다.

담 밖을 지났다. 그곳에 수십 그루의 수양버들이 하늘하늘 둘러서 줄 지어 있었으므로, 이생은 그 아래에서 쉬곤 했다.

하루는 이생이 담장 안을 엿보았는데, 안에는 이름난 꽃이 흐드러지게 피어 있었고 벌과 새들이 다투어 우짖었다. 옆으로는 작은 누각이 꽃 무리 사이에서 은은하게 비치고 있었는데, 주렴은 반쯤 내려졌고 비단 휘장은 낮게 드리워져 있었다. 그곳에서 아리따운 여인이 느긋하게 수를 놓다가 바느질을 멈추고 턱을 괴더니 시를 읊조렸다.

> 홀로 비단 창문에 기대니 수 놓는 일 더디고
> 온갖 꽃 핀 무리 속에 꾀꼬리 지저귄다.
> 공연스레 마음속으로 봄바람 원망하며
> 말없이 바늘 멈추고 생각에 잠긴다.
> 獨倚紗窓刺繡遲 百花叢裏囀鸝
> 無端暗結東風怨 不語停針有所思

> 길가의 저분, 뉘 집 도련님일까?
> 푸른 옷깃 큰 허리띠[49] 수양버들에 비친다.
> 집 안의 제비로 변신할 방도만 있다면
> 나지막이 주렴 스치고 담장 넘어 날아가리.
> 路上誰家白面郎 靑衿大帶映楊
> 何方可化堂中燕 低掠珠簾斜度墻

---

49 성균관에 다니는 선비가 입던 옷

이생은 그녀가 읊은 시를 듣자 감정을 주체할 수 없었다. 그렇지만 그 집의 문은 높고 정원은 웅숭깊었기 때문에 속으로 불만스러워할 뿐이었다. 그는 결국 국학에 갔다가 돌아오는 길에 일을 저질렀다. 흰 종이에 세 편의 시를 적고 그것을 기와 조각에 묶어서 정원 쪽으로 던진 것이다. 그가 쓴 시는 다음과 같다.

무산(巫山) 서른여섯 봉우리에 안개가 자욱하더니

뾰족한 봉우리 반쯤 드러나 울긋불긋하여라.

양왕의 외로운 꿈 어수선하더니

구름과 비 되어 양대에 내리네.[50]

巫山六六霧重回 半露尖峰紫翠堆

惱却襄王孤枕夢 肯爲雲雨下陽臺

사마상여가 탁문군을 꾀어내려 할 제[51]

마음속 품은 정은 이미 깊었지.

붉은색 담장 위로 복숭아꽃 오얏꽃 어여쁜데

바람 따라 어느 곳에 어지러이 떨어지는가?

---

50 초나라 양왕이 무산에서 신녀를 만나 운우의 정을 나눈 고사를 활용해 쓴 시다. 중국 사천성[四川省] 무산현[巫山縣]에 있는 무산에서는 신녀가 구름과 비가 되어 양왕이 있는 양대에 내렸다는 이야기가 전하는데, 이를 통해 남녀가 즐거움을 나누는 것을 표현했다.

51 사마상여(司馬相如)는 전한(前漢) 때의 문인으로, 사부(詞賦, 한시의 갈래인 '사'와 '부'를 잘 지어 한위육조(漢魏六朝, 한나라와 위나라와 육조시대를 통틀어 이르는 말) 문인의 모범이 되었다. 사마상여는 젊었을 때 촉중(蜀中)에 가서 임공(臨邛)을 지나가다가 거문고를 타서 부잣집 딸인 과부 탁문군(卓文君)을 꾀어내고, 그녀와 부부가 되어 함께 성도(成都)로 돌아와서 살았다 한다.

相如欲挑卓文君 多少情懷已十分

紅粉墻頭桃李艶 隨風何處落繽紛

좋은 인연일까, 나쁜 인연일까?

공연히 근심스러운 마음, 하루가 일 년 같네.

스물여덟 자 시 한 수로 중매는 이미 이루어졌으니

남교(藍橋)[52]에선 언제나 신선을 만날거나?

好因緣耶惡因緣 空把愁腸日抵年

二十八字媒已就 藍橋何日遇神仙

최씨 처녀는 시비 향아(香兒)를 시켜 그 종이를 주워 오게 했다. 펼쳐서 읽어보니 이생이 쓴 시였다. 몇 번이고 거듭 읽는 동안 그녀의 마음속은 기쁨으로 가득 찼다. 이윽고 그녀는 쪽지에 여덟 글자를 써서 담장 밖으로 던졌다.

"도련님께서는 의심하지 마시고, 황혼 녘에 만나기로 약속하시지요"[將子無疑 昏以爲期].

이생은 쪽지에 적힌 대로 저녁노을이 질 무렵 그곳을 찾아갔는데, 갑자기 복숭아꽃 가지 하나가 담장 밖으로 나와 한들거렸다. 그가 가서 살펴보니 대나무 바구니가 그네 매는 줄에 묶여서 늘어져 있었다. 이생은 그것을 잡고 기어올라 담장을 넘었다.

때마침 동산에 달이 막 떠올라서 꽃 그림자는 땅에 드리워 있었으

---

52 중국 섬서성 남진현 동남쪽에 있는 땅 이름이다. 세상에 알려 전하기를 그곳에 신선이 사는 굴이 있는데, 당나라 때 배항이 운영을 만난 곳이라고 한다.

며, 참으로 맑고도 사랑스러운 향기가 났다. 이생은 마치 신선 세계에 들어와 있는 것 같은 느낌이 들었다. 속으로는 더할 나위 없이 기뻤지만, 남녀 간의 비밀스러운 일이었기 때문에 터럭이 모두 쭈뼛 서는 듯했다. 그는 좌우를 두루 돌아보다가 꽃 무더기 속 구석진 곳에 자리를 펴고 앉아 있는 처녀를 발견했다. 처녀는 향아와 함께 꽃을 꺾어 서로의 머리에 꽂고 있었다. 그녀는 이생을 보자 방긋 웃으며 시 두 구절을 지어서 먼저 읊었다.

복숭아나무 자두나무 가지 사이에 꽃송이 풍성한데
원앙침 가에는 달빛 아름다워라.
桃李枝間花富貴 鴛鴦枕上月嬋娟

그러자 이생도 뒤를 이어서 시를 읊었다.

나중에 봄소식이 새 나간다면
무정한 비바람에 또한 가련하리라.
他時漏洩春消息 風雨無情亦可憐

최 처녀는 이 시를 듣고 낯빛이 변했다.

"저는 당신과 부부가 되어 평생 받들면서 영원토록 즐거움을 누리고 싶은데, 낭군께서는 어찌 그런 말씀을 하십니까? 저는 비록 여자의 몸이지만 마음은 드넓은데, 뜻과 기상이 있는 대장부가 그런 말을 입에 담다니요. 훗날 규중(閨中)에서의 일이 누설되어 부모님께 질책을 받더라도 제가 당연히 감당할 것입니다. 향아야, 방에 가서 술과 과일을 가져오너라."

향아는 명을 받들어 방으로 갔다. 사방은 고요하고 어디서도 인기 척이 들리지 않았다. 이생이 물었다.

"이곳은 어디입니까?"

최 처녀가 말했다.

"북쪽 정원에 있는 작은 누각 아래입니다. 부모님께서는 딸자식 하 나뿐이라고 애정을 두터이 쏟아주셔서, 부용지(芙蓉池) 옆에 이 누각을 따로 지어주셨습니다. 바야흐로 봄이면 이름난 꽃들이 흐드러지게 피 는 이곳에서 제가 시녀를 데리고 마음껏 놀 수 있도록 해주신 것이지 요. 부모님의 거처는 집 안 가장 깊은 곳에 있습니다. 여기서 웃고 떠 들며 소리를 크게 내도 거기까지 들리진 않습니다."

그녀는 좋은 술 한 잔을 따라서 이생에게 권하며 고풍(古風)[53] 한 수 를 지어 읊었다.

굽은 난간 부용지를 굽어보고 있으니
연못 위 꽃 무리에서 사람들이 속삭이는 소리.
향기로운 안개 보슬보슬 봄은 화창한데
새로 가사를 지어 백저사(白紵詞)[54]를 노래한다.
달 기울자 꽃 그림자 담요 속으로 들고
긴 나뭇가지 함께 당기니 붉은 꽃비 떨어진다.

---

53 한시(漢詩)의 격식 중 하나다. 당나라 때 완성된 근체시(近體詩) 이전의 시와 당나라 이후 의 시 중에서 근체시의 형식에 부합하지 않는 작품을 말한다.

54 악부(樂府, 한시의 형식 중 하나로 인정이나 풍속을 읊은 것)의 제목

바람에 맑은 향 번지고 향기는 옷에 스미니

가충의 딸이 봄볕 받으며 춤추는구나.[55]

비단 적삼 가볍게 해당화 가지 스치니

꽃 사이 잠자던 앵무새 놀래주어 깨웠네.

曲欄下壓芙蓉池 池上花叢人共語

香霧霏霏春融融 製出新詞歌白紵

月轉花陰入翽齉 共挽長條落紅雨

風攬淸香香襲衣 賈女初踏春陽舞

羅杉輕拂海棠枝 驚起花間宿鸚鵡

이생도 즉시 그녀의 운자(韻字)를 받아서 시를 지었다.

복숭아꽃 만발한 도원으로 잘못 들어갔는데

깊은 정회를 말할 수 없구나.

검푸른 머리 두 갈래에 금비녀 낮게 꽂고

선연한 봄 적삼은 푸른 모시로 마름질했네.

봄바람 불어 한 가지에 두 송이 꽃 막 피어났으니[56]

무성한 꽃가지에 비바람 몰아치게 하지 마오.

---

55   진나라 때 가충(賈充)의 딸이 한수(韓壽)가 잘생겼다는 말을 듣자 몰래 문틈으로 그를 살
     펴보고 좋아해서 결국 정을 통하게 되었다. 그녀는 한수에게 기이한 향수를 몰래 주었는
     데, 그 향기 때문에 가충은 자신의 딸이 그와 사귀는 것을 알아차리고 두 사람을 혼인시켰
     다고 한다. 『진서』(晉書)「가충전」(賈充傳)에 나오는 이야기다.

56   한 가지에 두 송이 꽃이 동시에 피어나는 것을 병체(並蒂), 병체화(並蒂花), 연리화(連理花)
     등으로 부르는데, 이는 남녀가 즐거움을 누리거나 부부의 정이 깊은 것을 의미한다.

휘날리는 선녀의 옷소매, 그림자도 살랑살랑

계수나무 그늘 속에서 항아가 춤춘다.

좋은 일 아직 이루어지지 않았는데 근심 필시 따르리니

새로운 가사 지어 앵무새에게 가르치지 마오.

誤入桃源花爛熳 多少情懷不能語

翠鬟雙綰金釵低 楚楚春衫裁綠紵

東風初拆並蒂花 莫使繁枝戰風雨

飄飄仙袂影婆娑 叢桂陰中素娥舞

勝事未了愁必隨 莫製新詞敎鸚鵡

술자리가 끝나자 최 처녀가 이생에게 말했다.

"오늘 일은 분명 작은 인연이 아닐 것입니다. 낭군께서는 저를 따라오셔서 정을 두텁게 맺으시지요."

말을 마치자 그녀는 북쪽 창으로 들어갔다. 이생도 그녀를 따라갔는데, 방 안에는 다락으로 올라가는 사다리가 있었다. 사다리를 타고 올라가니 과연 누각이 나타났다. 붓이나 벼루 같은 문방구와 책상이 정갈하게 있었고, 한쪽 벽에는 〈연강첩장도〉(烟江疊嶂圖)와 〈유황고목도〉(幽篁古木圖) 등이 걸려 있었는데 모두 뛰어난 그림이었다. 그림에는 시가 적혀 있었으나 누구의 작품인지는 알 수 없었다.

첫 번째 그림의 시는 다음과 같다.

누구의 붓끝에 힘이 남길래

이 강 속에 첩첩이 봉우리를 그려 넣었나?

장쾌하구나, 방호산[57] 삼만 장(丈)이여

아스라한 안개구름 속에 반쯤 드러났어라.

멀리 형세는 아득하여 백 리 가까이나 되고

가까이 우뚝한 봉우리는 푸른 쪽머리를 닮았도다.

파란 물결 아득하여 허공에 떠서 닿았고

날 저무는데 아련히 바라보니 고향 그리워라.

이 그림 마주하니 마음 쓸쓸해져

아마도 소상강 비바람 치는 물굽이에 배를 띄운 듯.

何人筆端有餘力 寫此江心千疊山

壯哉方壺三萬丈 半出縹緲烟雲間

遠勢微茫幾百里 近見崒嵂靑螺鬟

滄波淼淼浮達空 日暮遙望愁鄉關

對此令人意蕭索 疑泛湘江風雨灣

두 번째 그림의 시는 다음과 같다.

깊은 대숲 우수수 소리 나는 듯

고목은 우뚝하여 정을 품은 듯.

미친 듯한 뿌리 구불구불 이끼로 덮여 있고

늙은 가지 곧고 곧아 바람 우레 물리친다.

가슴속엔 저절로 조화로움 품었으니

오묘한 곳을 어찌 다른 이에게 말할 수 있으랴.

57 동해에 신선이 산다는 다섯 개의 산이 있는데, 그중 하나다. 전국시대의 사상가 열어구(列
禦寇)가 쓴 『열자』(列子)에 소개되어 있다.

위언(偉偃)과 여가(與可)[58]는 이미 귀신이 되었나니

천기를 누설한들 몇 명이나 알겠는가.

맑은 창가에서 멍하니 마주하여

환상적인 그림 삼매(三昧)에 빠져 사랑스레 바라본다.

幽篁蕭颯如有聲 古木偃蹇如有情

狂根盤屈惹莓苔 老幹矢矯排風雷

胸中自有造化窟 妙處豈與傍人說

韋偃與可已爲鬼 漏洩天機知有幾

晴窓嗒然淡相對 愛看幻墨神三昧

　다른 쪽 벽에는 사계절의 풍경을 각각 네 수씩 써서 걸어놓았는데,
이 또한 누가 지었는지 알 수 없었다. 글씨는 조맹부(趙孟頫)의 송설체
를 본떴는데, 필법(筆法)이 참으로 정묘하고 아름다웠다.

첫 번째 폭의 시는 다음과 같다.

부용장 따뜻하고 향은 실처럼 피어오르는데

창밖에는 부슬부슬 붉은 살구꽃에 비가 내린다.

누각의 남은 꿈은 새벽종에 깨었는데

58　위언(?-?)은 당나라 장안 출신으로 사천성 성도(成都) 지역에서 살았다. 어려서부터 말 그림을 매우 잘 그렸으며, 산수화 및 인물화 등에서도 뛰어난 작품을 남겼다. 여가는 송나라 때 시인이자 서화가인 문동(文同, 1018-1079)의 자다.

개나리 언덕에서 지빠귀 우짖는다.

芙蓉帳暖香如縷 窓外霏霏紅杏雨

樓頭殘夢五更鐘 百舌啼在辛夷塢

제비 나는 낮은 길고 규방은 깊숙한데

나른하게 말없이 수놓던 바늘 멈춘다.

꽃 아래 쌍쌍이 나비들 날고

그늘진 정원으로 떨어진 꽃 다투어 좇네.

燕子日長閨閣深 懶來無語停金針

花底雙雙蛺蝶飛 爭趁落花庭院陰

가벼운 추위가 푸른 비단 치마 가볍게 스치면

부질없이 봄바람 마주하여 몰래 애를 끊누나.

말 없는 이 마음 그 누가 알아주랴?

온갖 꽃 무리 속에 원앙새 춤춘다.

嫩寒輕透綠羅裳 空對春風暗斷腸

脉脉此情誰料得 百花叢裡舞鴛鴦

봄빛은 온 세상을 깊이 감추었는데

붉고 푸른 빛 짙고 옅게 비단 창에 비친다.

정원의 향기로운 풀에 봄 생각 괴로운데

주렴 가벼이 걷고 떨어지는 꽃 바라본다.

春色深藏黃四家 深紅淺綠映窓紗

一庭芳草春心苦 輕揭珠簾看落花

두 번째 폭의 시는 다음과 같다.

보리 이삭 막 맺히고 새끼 제비 비스듬히 나는데

남쪽 정원엔 석류꽃 만발했다.

푸른 창가 아가씨 가위질 소리

붉은 치마 지으려고 자줏빛 노을 잘라내는 듯.

小麥初胎乳燕斜 南園開徧石榴花

綠窓工女幷刀響 擬試紅裙剪紫霞

매화 익는 시절 가랑비 부슬부슬

홰나무에 꾀꼬리 울고 제비는 주렴으로 든다.

이렇듯 또 한 해 풍경 저물어가는데

연화(楝花)[59]는 떨어지고 죽순 뾰족이 솟아난다.

黃梅時節雨廉纖 鸎囀槐陰燕入簾

又是一年風景老 楝花零落笋生尖

푸른 살구 손에 들고 꾀꼬리에게 던지고

남쪽 처마에 바람 지나 해그림자 더디 움직인다.

연잎 이미 향기롭고 연못 물은 가득한데

푸른 물결 깊은 곳에서 가마우지 헤엄친다.

手拈靑杏打鸎兒 風過南軒日影遲

荷葉已香池水滿 碧波深處浴鸕鷀

등나무 평상에 대자리 물결치는 듯한 무늬

병풍엔 소상강 한 점 구름 그림.

느긋하게 낮잠에서 깨어나니

반이나마 창에 비끼는 햇살에 서쪽이 따스하다.

藤床筠簟浪波紋　屏畵瀟湘一抹雲

懶慢不堪醒午夢　半窓斜日欲西曛

세 번째 폭의 시는 다음과 같다.

가을바람 불어오고 가을 이슬 맺히는데

가을 달빛 흘러내리고 가을 물 푸르다.

한 소리 두 소리 기러기 돌아가니

우물가 오동잎 소리 다시금 들린다.

秋風策策秋露　秋月涓涓秋水碧

一聲二聲鴻雁歸　更聽金井梧桐葉

침상 아래 온갖 벌레 울어대고

침상 위 아름다운 사람 구슬 눈물 흘린다.

낭군은 만 리 밖 전쟁터에 계시니,

오늘 밤 옥문관[60]에도 달이 밝으리.

床下百虫鳴喞喞　床上佳人珠淚滴

60　고대 중국의 서쪽 요지였던 감숙성(甘肅省) 돈황현(敦煌縣) 부근에 배치되었던 관문으로
　　한나라 때 서관(西關)을 지나 서역으로 가던 통로였다.

良人萬里事征戰 今夜玉門關月白

새 옷 마름질하려니 가위는 차갑고

나지막이 시녀 불러 다리미 가져오게 한다.

다리미에 불 꺼진 걸 전혀 생각 못 했으니,

조그맣게 아쟁 켜며 흰머리 긁적인다.

新衣欲製剪刀冷 低喚丫兒呼熨斗

熨斗火銷全未省 細撥秦箏又搔首

작은 연못 연꽃 지고 파초잎 누런데

원앙와[61] 위로 서리 내리기 시작한다.

옛 근심 새로운 한탄 금할 길 없는데

하물며 귀뚜라미가 방에서 우는 소리 들림에랴.

小池荷盡芭蕉黃 鴛鴦瓦上粘新霜

舊愁新恨不能禁 況聞蟋蟀鳴洞房

네 번째 폭의 시는 다음과 같다.

한 가지 매화 그림자 창을 향해 비스듬한데

바람 거센 서쪽 행랑에 달빛도 밝구나.

화롯불 꺼지지 않아 부젓가락 헤쳐보고

곧바로 시녀 불러 차를 달이라 이른다.

一枝梅影向窓橫 風緊西廊月色明

61　암키와와 수키와가 짝을 이룬 것 또는 모양이 원앙과 비슷한 기와

爐火未銷金筋撥 旋呼丫髻換茶鐺

나뭇잎 자주 한밤 서리에 놀라고

회오리바람에 흘날리는 눈 긴 행랑으로 들어온다.

뜻밖의 하룻밤 그리워하는 꿈

모두가 빙하의 옛 전쟁터에 있도다.

林葉頻驚半夜霜 回風飄雪入長廊

無端一夜相思夢 都在氷河古戰場

창 가득 붉은 햇살 봄처럼 따스한데

근심에 잠긴 눈썹, 졸음도 묻어 있다.

화병에 작은 매화 반쯤 피어났는데

부끄러움에 말없이 원앙만 한 쌍 수놓는다.

滿窓紅日似春溫 愁鎖眉峯著睡痕

膽瓶小梅腮半吐 含羞不語繡雙鴛

불어오는 서릿바람 북쪽 숲을 스쳐 가고

겨울 까마귀 달빛 아래 근심스레 우는구나.

등불 앞에서 임 생각에 흐르는 눈물

한 땀 한 땀 꿰맨 자리에 떨어지니 바늘 잠깐 멈칫한다.

剪剪霜風掠北林 寒烏啼月正關心

燈前爲有思人淚 滴在穿絲小挫針

한쪽 옆에는 작은 방 하나가 따로 있었는데, 휘장이며 요와 이불과

베개 등이 무척 정갈하게 정돈되어 있었다. 휘장 밖에는 사향을 태우고 향기로운 기름으로 등잔불을 붙여서 마치 대낮처럼 환하게 밝았다. 이생과 최 처녀는 다정스러운 기쁨을 마음껏 누렸다. 그렇게 여러 날 머무르던 차에 하루는 이생이 말했다.

"옛 성현이 말씀하시길 '부모님이 계시면 밖으로 나갈 때 반드시 가는 곳을 아뢰야 한다'라고 했는데, 지금 나는 벌써 사흘째 아침저녁 문안 인사를 드리지 못하고 있소. 부모님께서 필시 문에 기대어 기다리실 테니, 이는 사람의 도리가 아니오."

그녀는 슬퍼하면서도 고개를 끄덕이며 담장 너머로 이생을 보내주었다. 그 뒤로도 이생은 매일 밤 최 처녀의 집을 찾아갔다.

어느 날 저녁, 이생의 아버지가 아들을 불러 물었다.

"네가 아침에 나가서 저녁에 집으로 돌아오는 것은 성현이 남긴 인의(仁義)의 바른 말씀을 배우기 위해서다. 그런데 요즘에는 저녁에 나가서 새벽에 돌아오니, 도대체 어찌 된 일이냐? 이는 반드시 경박한 무리가 되어 남의 집 담장을 넘어서 아가씨와 놀아나느라고 그럴 테지. 이 일이 드러나면 사람들은 모두 내가 자식을 엄하게 가르치지 않아서 사달이 났다고 비난할 거다. 만약 상대방 여자가 대단한 가문의 딸이라면, 도리에 어긋난 네 행동 때문에 그 가문을 더럽히고 그 집안 사람들에게도 누를 끼칠 게 뻔하다. 이건 사소한 일이 아니야. 너는 속히 영남 지방으로 가라. 하인들을 데리고 농토를 감독하는 일이나 하면서 다시는 돌아오지 말아라."

이생은 다음 날 울주(蔚州)[62]로 쫓겨나고 말았다.

최 처녀는 매일 저녁 화원에서 그를 기다렸다. 하지만 그는 몇 달이 지나도록 찾아오지 않았다. 행여 이생이 병이라도 걸렸을까 봐 염려한 그녀는 향아를 시켜서 몰래 그의 행방을 이웃들에게 물어보았다. 한 사람이 이렇게 말했다.

"이생 말이오? 아버지에게 죄를 지어서 영남으로 떠난 지가 벌써 몇 달째라오."

최 처녀는 그 소식을 듣고 병을 얻어 몸져누웠다. 그녀는 침상에서 몸을 뒤척거릴 뿐, 좀처럼 일어나지 못했다. 물조차 입에 대지 못했고, 말도 제대로 하지 못했으며, 얼굴은 갈수록 초췌해졌다. 이 일을 이상하게 여긴 아버지 어머니가 증상을 물어보았지만 입을 꼭 다물고 말을 하지 않았다. 그들은 딸의 방에 있던 상자를 뒤져보다가 딸이 이생과 주고받았던 시를 찾아내고는 깜짝 놀라 무릎을 치면서 탄식했다.

"하마터면 우리 딸을 잃어버릴 뻔했구나!"

그러고는 최 처녀에게 물었다.

"이생이 대체 누구냐?"

일이 이렇게 되자 더는 숨길 수 없었다. 최 처녀는 겨우 목소리를 짜내서 부모에게 자초지종을 털어놓았다.

"아버님, 어머님. 저를 낳아서 길러주신 은혜가 깊으니 도저히 숨길 수 없군요. 생각해보면 남녀가 서로 호감을 느끼는 것은 가장 중요한 인정(人情)입니다. 이 때문에 매화가 떨어져 시드는 것을 노래하면서 결혼의 좋은 시기를 놓치지 말라는 노래가 『시경』의 「주남」(周南) 편에 실려 있고, 여자가 정절을 지키지 못하면 흉하다는 것은 『주역』에서 가르치는 내용입니다. 저는 버드나무처럼 가냘프고 약한 몸으로, 뽕나무 잎이 시드는 것을 여성의 모습이 기울어지는 것에 비유한

『시경』의 노래를 생각지 않고, 정절을 지키지 못해서 주위의 비웃음을 샀습니다. 여러 덩굴이 큰 나무에 의지해 살아가듯 위당(渭塘)의 처녀 행세[63]를 하게 되었으니, 이미 가득 찬 죄가 가문에까지 미치게 되었습니다.

저 신의 없는 도련님[64]이 가충의 향을 훔친 뒤[65] 천 갈래로 원한이 솟았습니다. 아주 작고 여린 몸으로 근심에 휩싸여 기운 없이 홀로 방에서 살아가는 처지를 견디고 있었지만, 그리워하는 마음은 날로 깊어졌습니다. 속병이 갈수록 악화되니 거의 죽을 지경에 이르러서 머지않아 귀신이 될 것 같습니다. 아버님 어머님께서 만약 제 소원을 들어주신다면 남은 목숨이나마 보존할 것이고, 만약 제 간곡한 청을 거절하신다면 죽을 수밖에 없습니다. 마땅히 이생과 황천에서 다시 만날 것이니, 맹세코 다른 집안으로는 시집가지 않겠습니다."

이에 부모는 딸의 뜻을 알게 되어 다시는 병세를 묻지 않았다. 그저 꾸짖기도 하고 달래기도 하면서 자식의 마음을 누그러뜨리려 애쓰는 한편, 예를 갖추어 이생의 집으로 중매인을 보냈다. 이생의 부모는 최씨 집안의 문벌을 물어본 뒤 이렇게 말했다.

"우리 아이가 비록 나이 어려서 잠시 정신을 못 차리고 도리에 어

---

63 원(元)나라 때 금릉(金陵) 사람 왕서생(王書生)이 위당(渭塘)에 갔다가 한 처녀와 눈이 맞아 마침내 부부가 되었다는 이야기다. 명나라 구우(瞿佑)의 『전등신화』(剪燈新話) 중 「위당기우기」(渭塘奇遇記)에 나온다.

64 『시경』 「정풍」의 한 구절 "건실한 남자는 보이지 않고, 교활한 아이만 보이는구나"[不見子充 乃見狡童]에서 빌려온 말로, 얼굴은 예쁘나 마음이 비뚤어진 아이를 말한다.

65 「만복사저포기」에서 이미 인용한 이야기다. 『진서』 「가충전」에 나온다. 진나라 때 가충의 딸이 잘생긴 한수와 정을 통하고 기이한 향수를 몰래 주었는데, 그 향기 때문에 모든 것을 눈치챈 가충이 두 사람을 혼인시켰다고 한다.

굿나는 짓을 했습니다만, 학문에 정통했으며 풍모는 사람답게 생겼습니다. 훗날 장원급제를 해서 이름을 떨칠 거로 기대하기 때문에 서둘러 혼례를 치를 생각이 없습니다."

중매인이 최씨 집으로 돌아가서 이 내용을 알리니, 최씨가 다시 중매인을 보내서 말을 전했다.

"한때의 벗들은 모두 댁의 자제가 남달리 뛰어나다고 칭찬하더군요. 비록 아직은 웅크리고 있지만 어찌 초야에서 일생을 보낼 인물이겠습니까. 그러니 속히 좋은 날을 잡아서 훌륭한 배필을 맺어주는 것이 어떻겠습니까?"

그러자 이생의 아버지가 말했다.

"나도 어려서부터 책을 옆에 끼고 경전을 공부했습니다만, 나이가 들도록 이룬 것이 없습니다. 그러자 하인들은 이리저리 달아나고 친척들의 도움은 적어서 생활이 어렵고 살림은 궁색해졌습니다. 댁처럼 지체 좋은 명문 집안이 어찌 보잘것없는 선비 하나를 마음에 두어 사위로 삼겠습니까? 이는 반드시 일 꾸미기 좋아하는 사람들이 우리 집안을 과도하게 자랑해서 귀댁(貴宅)을 속인 것입니다."

중매인이 돌아와 그대로 전하자 최씨 집안에서 말했다.

"예물을 드리는 납채(納采)의 예라든지 옷을 준비하는 일은 우리가 전부 맡겠습니다. 그저 좋은 날을 가려서 화촉 밝히는 때를 정해주시기만 하면 됩니다."

중매인이 다시 가서 이 말을 아뢰자 이씨 집안에서는 마침내 마음을 조금 돌리고 즉시 사람을 보내서 이생을 불러와 뜻을 물어보았다. 기쁨을 이기지 못한 이생은 곧바로 시를 지었다.

깨진 거울 다시 합쳐지는 것도 때가 있나니,
은하수에 까막까치 좋은 기약 도와준다.
이제부터 월하노인 청실홍실 묶어주리니
봄바람 향하여 두견새 원망 마오.

破鏡重圓會有時 天津烏鵲助佳期

從今月姥纏繩去 莫向東風怨子規

이 소식을 듣고 몸이 조금 회복된 최씨 처녀도 시를 지었다.

나쁜 인연이 좋은 인연 되니
맹세의 말씀 마침내 이루어졌네.
함께 사슴 수레[66] 타고 가는 날 언제런가?
얘야, 나를 일으켜라. 꽃 비녀로 단장하련다.

惡因緣是好因緣 盟語終須到底圓

共輓鹿車何日是 倩人扶起理花鈿

이어서 길일(吉日)을 잡고 마침내 혼례를 올리니, 인연의 끈이 다시
이어지게 되었다. 부부가 된 두 사람은 서로 사랑하고 공경하며 상대
방을 마치 손님처럼 대접하니, 비록 양홍 맹광 부부[67]와 포선(鮑宣) 환

---

66 불교에서 말하는 삼거(三車) 중 하나인 녹거(鹿車)를 이렇게 번역했다. 나머지 둘은 양거
    (羊車)와 우거(牛車)다. 녹거는 겨우 사슴 한 마리가 들어갈 만한 크기의 작은 수레지만, 여
    기서는 자기들의 살림 도구를 싣고 갈 수레를 가리킨다.
67 「만복사저포기」에서 이미 인용한 이야기다. 후한 때 사람인 양홍과 맹광은 가난하게 살면
    서도 부부의 도리를 잘 지켰다.

소군(桓少君) 부부[68]라 하더라도 그 법도와 도리를 따르기에 부족할 지경이었다. 이듬해 이생은 과거에 급제해서 높은 벼슬에 올랐고 그의 명성은 조정에 알려졌다.

신축년(辛丑年, 1361년, 고려 공민왕 10), 홍건적이 개경을 점령하자 왕은 복주(福州)[69]로 피난했다. 홍건적은 건물을 모조리 불살라 없앴고, 사람과 가축을 마구 도륙했다. 부부건 친척이건 서로 보호할 수 없었으며, 동서로 쫓기면서 제각기 목숨을 부지하고자 애썼다.

이생도 가족을 이끌고 궁벽한 산골짜기로 숨었는데, 한 도적이 검을 빼 들고 쫓아왔다. 이생은 달아나서 목숨을 부지했지만, 그의 아내는 도적에게 사로잡히고 말았다. 도적이 겁탈하려 하자 최씨 부인은 크게 꾸짖었다.

"호랑이에게 물려 죽은 귀신 같은 놈아, 나를 죽여라. 내 차라리 죽어서 이리 떼의 배 속에 묻힐지언정 어찌 개돼지 같은 놈의 노리개가 되겠느냐?"

화가 머리끝까지 난 도적은 그녀를 죽여 살을 도려냈다.

이생은 황폐한 들판으로 피했다가 겨우 몸만 살아났다. 도적이 물러갔다는 소식을 듣고 마침내 부모가 살던 옛집을 찾아갔으나, 집은 이미 전쟁통에 불타서 없어졌다. 발길을 돌려 처갓집으로 가봤지만 건물들만 황량하게 남아 있었고, 그 사이로 쥐와 새들이 찍찍거리며

---

68 전한 때 살았던 사람들이다. 환소군의 아버지는 어렸을 때부터 자기가 가르쳤던 포선이 청빈(淸貧)을 잘 건더내는 것을 보고 그의 지조를 칭찬하며 사위로 맞이했다. 그런데 환소군이 시집을 때 혼수품을 너무 많이 가져오자 포선이 이를 거절했다. 환소군도 그의 뜻을 받들어 물품을 모두 돌려보내고 검소하게 아내의 도리를 지키면서 살았다.

69 지금의 경상북도 안동

돌아다녔다. 슬픔을 이길 수 없었던 이생은 작은 누각에 올라가 눈물을 훔치며 길게 탄식했다.

어느덧 날이 저물었다. 우두커니 홀로 앉아서 예전에 놀던 일을 생각하니 완연히 꿈만 같았다. 이경(二更, 밤 9시~11시)이 되자 희미한 달빛이 집의 대들보를 비추는데, 건물 아래쪽 먼 데서 이쪽으로 다가오는 발소리가 점점 크게 들려왔다. 가까이서 보니 최씨 부인이었다. 이생은 그녀가 이미 죽었다고 여겼지만, 아내에 대한 사랑이 참으로 지극했던 터라 의아하게 생각하지 않고 와락 물었다.

"당신은 어디로 피신해서 이렇게 목숨을 보존했소?"

최씨 부인은 이생의 손을 잡고 한바탕 통곡한 뒤, 그간의 사정을 털어놓았다.

"저는 본디 양갓집 딸로, 어려서부터 부모님의 가르침을 받아 자수를 놓고 바느질하기에 힘썼으며 시서(詩書)와 인의(仁義)의 교훈을 잘 받들었습니다. 그러니 그저 규방의 법도만을 알 뿐 집 밖의 일을 어찌 알겠습니까? 하지만 붉은 살구꽃 핀 담장 밖을 한번 엿보고 나서는 스스로 푸른 바다의 구슬을 바쳤습니다. 꽃 앞에서 한 번의 웃음에 제 평생의 인연을 맺었고, 휘장 안에서 거듭 만나자 저의 애정은 백 년도 넘게 깊어졌습니다. 여기까지 말하고 나니 슬픔과 부끄러움을 어찌 이길 수 있겠습니까? 평생토록 함께 늙으며 살아가려 했는데 뜻밖에 횡액을 만나서 꺾이고 구렁텅이에 넘어질 줄 누가 알았겠습니까? 그렇지만 저는 끝내 이리와 범에게 몸을 맡겨 진흙 구렁에서 몸이 찢기는 일을 당하지는 않았습니다. 이는 진실로 천성이 그렇게 만든 것이지, 인정으로는 차마 할 수 없는 것이었습니다. 궁벽한 산골짜기에서 당신과 한 번 헤어진 뒤 결국은 짝 잃은 새가 갈라져 날아가는 듯한 신세가 되었습니다. 집은 없어지고 부모님도 돌아가셨으니, 고단한 넋은 의지할 데 없어졌습니다. 절의는 무겁고 목숨은 가벼운 것, 다행히도 천한 몸뚱이는 욕됨을 면했습니다. 산산조각 난 이 마음을 누가 가엾게 여겨주겠습니까? 그저 마디마디 끊어진 창자를 이을 뿐입니다. 뼈와 해골은 들판에 흩어졌고 간과 쓸개는 땅에 버려졌습니다. 즐거웠던 옛일을 생각하면, 오늘의 근심과 원한을 위해 마련된 것이겠거니 생각됩니다. 지금 추연(鄒衍)[70]이 피리를 불어 어두운 골짜기에 봄을 불러왔고 천녀(倩女)의 혼이 다시 이승으로 돌아왔듯이 저도 돌아왔습니다. 봉래산에서 맺은 약속 얽혀 있고 신선들이 사는 취굴(聚窟)의 향기는 아름다우니, 이때에 다시 인연을 맺어서 예전의 맹세를 저버리지 않기를 기약합니다. 혹시라도 잊지 않으셨다면 끝내 좋은 인연이 될 테니, 낭군께서는 허락하시겠습니까?"

이생은 기쁘고 고마워서 이렇게 말했다.

"그게 바로 내가 바라는 바요."

둘은 서로 흔쾌히 마음을 털어놓았다. 그러다가 도적들에게 약탈당한 일을 이야기하게 되자 최씨 부인이 말했다.

"재산은 조금도 잃어버리지 않았습니다. 어느 산 어느 골짜기에 묻어두었거든요."

이생이 또 물었다.

"양가 부모님 유해는 어디에 모셨소?"

최씨 부인이 대답했다.

"어떤 곳에 버려져 있습니다."

---

70   중국 전국시대의 존경받던 사상가

둘은 심정을 털어놓은 다음 잠자리를 같이했는데, 예전과 다름없이 참으로 즐거웠다.

다음 날 최씨 부인은 이생과 함께 재산을 묻어둔 곳으로 갔다. 그곳에는 과연 금은 여러 덩어리와 약간의 재물이 있었다. 또한 양가 부모의 유해를 수습하고 금과 재물을 팔아서 각각 오관산(五冠山) 기슭에 합장한 뒤 무덤을 만들어 극진히 제사를 올렸다.

그 후 이생은 두 번 다시 벼슬길에 나아가지 않고 최씨 부인과 살았다. 목숨을 부지하느라 도망갔던 하인들도 다시 돌아왔다. 이생은 이때부터 인간사에 대해 관심을 끊었으며 친척이나 빈객(賓客)이 길사(吉事) 혹은 흉사(凶事)를 당해도 문을 닫고 바깥출입을 전혀 하지 않았다. 항상 최씨 부인과 더불어 술을 마시거나 시를 주고받으면서 금슬 좋게 살아갈 뿐이었다.

이러구러 지내다 보니 어느덧 3년이 흘렀다. 어느 날 저녁, 최씨 부인이 이생에게 말했다.

"아름다운 인연을 세 번이나 만났습니다만, 세상일은 늘 어긋나는군요. 즐거움이 채 끝나기도 전인데 갑작스럽게 슬픈 이별이 다가오고야 말았습니다."

결국 그녀는 오열하고 말았다. 이생이 깜짝 놀라 물었다.

"무슨 이유 때문에 그런 거요?"

최씨 부인이 말했다.

"저승의 운수는 피할 수 없습니다. 천제(天帝)께서는 저와 낭군님의 인연이 아직 끊어지지 않았고 전생에 아무런 죄도 없다는 것을 알고 계셨습니다. 그리하여 허깨비 같은 몸일망정 잠시라도 근심스러운 마음을 풀어주셨던 것이라, 인간 세상에 오래 머무르면서 살아 있는 사람을 유혹할 수는 없는 일입니다."

최씨 부인은 시비 향아를 통해서 술을 올리게 하고는 〈옥루춘〉(玉樓春) 한 곡을 노래하여 술을 권했다.

눈에 가득한 방패와 창 뒤섞여 휘두르는 곳에

옥은 부서지고 꽃은 떨어지니 원앙도 짝을 잃었네.

남은 해골 어지러우니 그 누가 묻어주랴?

피에 더럽혀진 떠도는 혼은 말할 곳이 없어라.

于戈滿目交揮處 玉碎花飛鴛失侶

殘骸狼藉竟誰埋 血汚遊魂無與語

무산 신녀가 고당에 한 번 내려온 뒤[71]

깨진 종 다시 갈라져 마음 슬퍼라.

이제 한 번 헤어지면 서로 아득해서

천상과 인간 세계 소식조차 막히리.

高唐一下巫山女 破鍾重分心慘楚

從玆一別兩茫茫 天上人間音信阻

한 곡씩 부를 때마다 여러 줄기 눈물에 목이 메어 거의 노래가 되지 못했다. 이생 역시 슬픔을 이기지 못하고 말했다.

"당신과 함께 황천으로 갈지언정 어찌 나 홀로 남은 목숨을 보전하겠소? 지난번 난리를 겪은 뒤 친척들과 하인들이 제각기 흩어졌고 돌

---

71 앞서 언급한 무산 신녀의 운우지정(雲雨之情) 고사를 이용해 둘의 즐거움을 표현했다.

아가신 부모님의 유해도 들판에 어지러이 버려졌습니다. 당신이 아니었다면 누가 장사를 지냈겠소? 옛사람이 말하기를, '살아서는 예로써 섬기고 죽어서는 예로써 장사를 치른다'라고 했지요. 당신은 천성이 순수하고 효성스러우며 인정이 두터운 사람이오. 한편으로는 감격스럽기 그지없고, 또 한편으로는 스스로 부끄러움을 이길 수 없구려. 원컨대 당신은 인간 세상에 머물러 있다가 백 년 뒤에 나랑 같이 땅속의 흙이 됩시다."

최씨 부인이 말했다.

"낭군님의 수명은 아직 많이 남았어요. 저는 이미 귀신 명부에 이름을 올린지라 여기 오래 머물 수 없습니다. 만약 인간 세상을 그리워해서 미련을 가진다면 저승의 법령을 위반하는 것입니다. 비단 제가 벌을 받을 뿐 아니라 낭군님에게도 누가 되지요. 만약 제게 은혜를 베푸신다면, 아무 곳에 흩어져 있는 제 유골이 바람과 햇빛에 방치되지 않도록 거둬주세요."

말을 마치자 두 사람은 서로 마주 보면서 눈물을 줄줄 흘렸다. 이윽고 최씨 부인이 말했다.

"낭군께서는 부디 몸을 보중(保重)하세요."

말이 끝나자 그녀의 모습이 점점 희미해지더니 자취도 없이 사라져버렸다. 이생은 아내의 유골을 수습해서 부모의 묘소 옆에 묻어주었다. 장례가 끝난 뒤 이생은 지난 일을 생각하느라 병을 얻었고, 결국 몇 달 만에 세상을 떠나고 말았다. 이 일을 들은 사람들은 모두 탄식했으며, 그들의 절의(節義)를 사모하지 않는 이가 없었다.

술에 취해 부벽정에서 노닌 이야기

— 취유부벽정기(醉遊浮碧亭記)

〈부벽루 연회도〉(김홍도, 18세기). 평안도 관찰사의 부임 행사를 기록한 〈평안감사향연
도〉 중 부벽루에서 열렸던 연회를 묘사한 그림이다(ⓒ 국립중앙박물관).

⊗⊗⊗

평양은 옛 조선국 땅이었다. 주(周)나라 무왕(武王)이 상[商, 은(殷)이라고도 함]나라를 이기고 기자(箕子)⁷²를 찾아가니, 그가 홍범구주(洪範九疇)⁷³의 법을 일러주었다. 이에 무왕은 기자를 이 땅에 봉(封)했으나 신하로 삼지는 않았다. 명승지로는 금수산(錦繡山)⁷⁴, 봉황대(鳳凰臺)⁷⁵, 능라도(綾羅島)⁷⁶, 기린굴(麒麟窟)⁷⁷, 조천석(朝天石)⁷⁸, 추남허(楸南墟)⁷⁹가 있는데 모두 옛 자취다.

---

72 중국 고대 은나라의 이상적인 명현(名賢, 이름난 어진 사람)으로, 이름은 서여(胥餘) 또는 수수(須臾)다. 은나라의 왕족인 기자는 주왕(紂王)에게 간(諫)하다가 투옥되었는데, 후에 주나라 무왕이 은나라를 정복한 뒤 기자를 석방하고 그에게 세상을 다스리는 법을 묻자 홍범구주의 법을 일러주었다고 한다.

73 『서경』의 「홍범」에 기록된, 우(禹)가 정한 정치 도덕의 아홉 원칙으로 오행, 오사, 팔정, 오기, 황극, 삼덕, 계의, 서징 및 오복과 육극이다. 홍범은 '큰 법'[大法], 구주는 '아홉 가지 부류'[九類]란 뜻인데, 전설에는 우임금이 하늘로부터 받았고, 또 주나라 무왕이 기자에게 물려받았다고 한다.

74 평양 북쪽 5리에 있는 진산(鎭山)

75 평양 서남쪽 10리에 있는 대(臺)로 『동국여지승람』(東國輿地勝覽)에서는 "봉황대는 평양부의 서남쪽 10리, 다경루의 서쪽에 있다"[鳳凰臺 在府西南十里 多景樓西]라고 했다.

영명사(永明寺)[80]와 부벽정(浮碧亭)[81]도 그중 하나인데, 영명사는 바로 고구려 동명왕(東明王)의 구제궁(九梯宮)[82]이 있던 자리다. 이 절은 평양성 밖 동북쪽으로 20리 떨어진 곳에 있는데, 긴 강을 굽어보며 드넓은 들판을 멀리 바라볼 수 있는 곳에 자리해서 아득하기가 끝이 없으니 진실로 좋은 경치라 할 만하다. 그림같이 멋진 배와 장삿배가 날이 저물 때면 대동문(大同門)[83] 밖 버드나무 우거진 물가에 정박한다. 그때마다 사람들은 강물을 거슬러 올라와 이곳 부벽정(浮碧亭)에서 마음껏 구경하며 실컷 즐긴 뒤에 돌아가곤 했다. 부벽정 남쪽에는 돌을 다듬어 만든 사다리가 있다. 왼쪽을 청운제(靑雲梯), 오른쪽을 백운제(白雲

---

76 평양 동북쪽 4리에 있는 섬으로, 『동국여지승람』에서는 "능라도는 둘레가 20리나 되며, 백은탄의 북쪽에 있다"[綾羅島 周十二里 在白銀灘北]라고 했다.

77 부벽루(浮碧樓) 아래에 있는 굴이다. 『동국여지승람』에 이렇게 기록되었다. "기린굴은 구제궁(九梯宮) 안 부벽루 아래에 있다. 고구려 동명왕이 기린마를 여기서 길렀다 하는데, 뒷사람이 비석을 세워 기념했다. 세상에서 전하되 왕이 기린마를 타고 이 굴에 들어 땅속에서부터 조천석(朝天石)으로 나와 하늘로 올라갔다 하며, 그 말발굽 자국이 지금도 돌 위에 있다"[麒麟窟 在九梯宮內 浮碧樓下 東明王養麒麟馬于此 後人立石誌之 世傳王乘麒麟馬 入此窟 從地中出朝天石昇天 其馬跡 至今在石上].

78 기린굴 남쪽에 있는 돌 이름이다. 고려 이승휴(李承休)의 시(詩)에서 "하늘로 왕래하며 하늘 정사(政事)에 참예했으니, 조천석 위에 기린의 말굽이 가벼웠네"[往來天上預天政 朝天石上麟蹄輕]라고 했다.

79 어느 곳을 말하는지 정확히 알 수는 없으나 김시습의 『매월당집』 시집 권 9 「유관서록」(遊關西錄)의 기록을 보면 대동강 변에 있었던 것으로 보이는 성망암(星望庵)으로 추정된다.

80 절 이름으로 『동국여지승람』에 "영명사는 금수산 부벽루의 서쪽, 기린굴 위에 있다"[永明寺 在錦繡山浮碧樓之西 麒麟窟之上]라고 했다.

81 부벽루의 별칭이다. 『동국여지승람』에 "부벽루는 을밀대 아래 영명사 동쪽에 있다"[浮碧樓 在乙密臺下 永明寺東]라고 했다.

82 고구려를 건국한 동명왕의 궁궐이다. 『동국여지승람』에 "구제궁은 동명왕의 궁궐인데, 옛날에는 영명사 자리에 있었다"[九梯宮 東明王之宮 舊在永明寺中]라고 했다.

83 대동문루(大同門樓)를 가리킨다. 평양성의 동쪽 문이다.

梯)라고 했는데, 이름을 돌에 새기고 화표주(華表柱)[84]를 세워서 호사자(好事者)들의 구경거리가 되고 있다.

천순(天順)[85] 초년의 일이었다. 개경에 홍생(洪生)이라고 하는 부자가 살고 있었는데, 나이 젊고 잘생겼으며, 풍채가 좋은 데다 글까지 잘 지었다. 그는 8월 보름 한가위를 맞아 베를 실로 바꾸려고 친구들과 평양에 갔다. 그가 언덕에 배를 대자 평양성 안의 이름난 기생들이 모두 성문 밖까지 나와서 추파를 던졌다.

성안에 살던 홍생의 친구 이생(李生)이 잔치를 열어서 그를 대접했다. 홍생은 술이 얼큰하게 취해서 배로 돌아갔는데, 밤공기가 서늘해 잠이 오지 않았다. 문득 당나라 시인 장계(張繼)가 쓴 시 〈풍교야박〉(楓橋夜泊)이 떠오르자 그는 맑은 흥취를 이기지 못하여 작은 배에 오르더니 달빛을 싣고 노를 저었다. 흥이 다하면 돌아가리라 생각하며 강을 거슬러 올라가다가 배를 타고 이른 곳이 바로 부벽정 아래였다.

홍생은 갈대숲 속에 닻줄을 맨 뒤 사다리를 타고 올라가서는, 부벽정 난간에 몸을 기댄 채 풍경을 바라보며 낭랑하게 시를 읊조렸다. 때마침 달빛은 바다처럼 넓게 비쳐서 물결이 비단처럼 고운데, 물가 모래톱에는 기러기가 울고 이슬 맺힌 소나무에서는 학이 놀라 푸드덕거리니, 그야말로 옥황상제가 있다는 청허자부(淸虛紫府)에 오른 듯했다. 옛 도읍을 돌아보니 성가퀴는 안개에 덮여 있고 물결은 철썩대며 외로운 성에 부딪쳤다. 망한 나라의 도읍지에 보리만 우거져 무상하다

---

84   기둥을 높게 세우고 꼭대기에 새 모양의 조각을 얹은 돌기둥

85   중국 명(明)나라 영종(英宗)의 연호(1457-1464)로, 조선으로 치면 세조 3년에서 10년 사이에 해당한다.

는 탄식이 절로 흘러나오면서 홍생은 시 여섯 수를 지었다.

대동강 옆 정자에 올라 시를 읊조리니
오열하며 흐르는 강물은 애끊는 듯한 소리.
옛 나라의 힘찬 기운 이미 사라졌지만
황폐한 성은 여전히 봉황 형상 띠고 있네.
물가 모래톱엔 달이 밝아 돌아가는 기러기 길을 잃고
뜨락 풀엔 안개 걷혀 이슬 젖은 반딧불이 반짝인다.

풍경 쓸쓸하고 세상은 변했는데
한산사 안에서 울리는 종소리 듣는다.[86]
不堪吟上湛江亭 嗚咽江流腹斷聲
故國已銷龍虎氣 荒城猶帶鳳凰形
汀沙月白迷歸雁 庭草烟收點露螢
風景蕭條人事換 寒山寺裡聽鍾鳴

가을 풀 뒤덮은 황제의 궁궐 서늘하고 쓸쓸한데
구름 낀 돌길엔 작은 길 더욱 희미하다.
기관(妓館)[87] 옛터는 냉이만 우거져 황량하고

86   〈풍교야박〉의 "한밤중의 종소리가 나그네의 배에 들려온다"[夜半鐘聲到客船]를 인용한 구
     절로, 한산사는 중국 소주(蘇州) 오현(吳縣) 서쪽에 있는 절 이름이다.
87   기생들이 있던 집

낮은 담 새벽달에 까마귀 우짖누나.

풍류롭고 멋진 일은 이미 흙먼지로 변했고

적막한 빈 성엔 남가새 덩굴만 어지럽다.

오직 강 물결만이 옛날처럼 우나니

도도히 서쪽 바다 향해서 흘러간다.

帝宮秋草冷凄凄 回磴雲遮徑轉迷

妓舘故基荒薺合 女墻殘月夜烏啼

風流勝事成塵土 寂寞空城蔓蒺藜

唯有江波依舊咽 滔滔流向海門西

대동강 물은 쪽보다도 푸른데

천고의 흥망 한스러워 못 견디겠네.

우물엔 물이 말라 벽려 덩굴 기어오르며

석단엔 이끼 끼고 능수버들 둘러쌌다.

타향 풍월에 천 수 시를 짓고

옛 나라 생각하니 거나하게 취한다.

달빛 희어 난간에 기대 잠 못 드는데

깊은 밤 계수나무 향기 어지러이 떨어진다.

浿江之水碧於藍 千古興亡恨不堪

金井水枯乘薜荔 石壇苔蝕擁檉楠

異鄉風月詩千首 故國情懷酒半酣

月白依軒眠不得 夜淒香桂落毿毿

한가위 달빛이 진정 고운데

외로운 성 한 번 보고 구슬피 탄식한다.

기자묘(箕子廟) 뜰에는 오래된 교목

단군사(檀君祠) 벽에는 기어오르는 담쟁이.

영웅은 고요하니 지금 어디 있는가?

풀과 나무 희미하니 몇 해나 되었는가.

오직 그 옛날 둥근 달만 남아 있어

맑은 빛 아름답게 흘러 옷 주위를 비친다.

中秋月色正嬋娟 一望孤城一悵然

箕子廟庭喬木老 檀君祠壁女蘿緣

英雄寂寞今何在 草樹依稀問幾年

唯有昔時端正月 清光流彩照衣邊

동산에 달 뜨고 까막까치 날아가니

밤 깊어 찬 이슬이 옷에 스며든다.

천년의 문물과 의관은 간데없고

오랜 세월 변함없는 산천에 성곽은 허물어졌다.

동명성왕 하늘에 조회하러 가서 아직 돌아오지 않으시니

영락한 세상 한가한 이야기 끝내 누구에게 의지하리.

황금수레 기린마 자취조차 없어지고

황제 다니던 길에 풀은 우거져 스님만 홀로 돌아간다.

月出東山烏鵲飛 夜深寒露襲人衣

千年文物衣冠盡 萬古山河城郭非

聖帝朝天今不返 閑談落世竟誰依

金轝麟馬無行跡 輦路草荒僧獨歸

정원의 풀 추운 가을 이슬에 시드는데

청운교가 백운교를 마주하고 있구나.

수나라 군사는 여울에서 울고[88]

황제의 영령은 원망하는 쓰르라미 되었네.

황제가 거둥하던 길은 안개에 묻히고 임금의 수레는 끊겼는데

소나무 드리운 행궁에는 저녁 종소리 들려온다.

높은 곳에 올라 시를 짓지만 뉘와 함께 감상할까?

달은 밝고 바람 맑은데 흥은 아직 남았도다.

庭草秋寒玉露凋 靑雲橋對白雲橋

隋家士卒隨鳴瀨 帝子精靈化怨蛶

馳道烟埋香輦絶 行宮松偃暮鐘搖

登高作賦誰同賞 月白風淸興未消

　홍생은 시 읊기를 마치고 손바닥을 문지르면서 일어나 더덩실 춤을 추었다. 시 한 구절을 읊을 때마다 몇 차례씩 흐느꼈으니, 비록 뱃전을 두드리고 퉁소를 불면서 서로 음악을 주고받지는 않았으나, 마음속 감흥은 족히 깊은 골짜기에 숨어 있는 교룡(蛟龍)을 춤추게 하고 외로운 배의 과부를 울릴 만했다.[89]

　시를 다 읊고 나서 돌아가려고 마음먹었을 때는 벌써 삼경(三更, 밤 11시~1시)을 지나고 있었다. 홀연 서쪽에서 발소리가 들려왔다.

88　고구려를 침략했던 수양제(隋煬帝)의 수십만 사졸들이 을지문덕(乙支文德) 장군에게 패전하면서 청천강(淸川江)에 빠져 죽은 사건을 말한다.

89　소동파(蘇東坡)의 「적벽부」(赤壁賦)에서 가져와 응용한 문장이다.

'절의 스님이 시 읊는 소리를 듣고 놀라서 누군지 보려고 여기로 오는 모양이군.'

홍생은 자리에 앉아서 기다렸다. 그런데 잠시 뒤 나타난 사람은 아리따운 여인이었다. 그녀 뒤에는 머리를 양 갈래로 땋은 시녀 두 명이 따라오고 있었는데, 한 사람은 옥으로 자루를 만든 불자(拂子)[90]를 들고 있었으며 또 한 사람은 가벼운 비단부채를 들고 있었다. 위엄이 있으면서도 몸가짐이 단정한 것을 보니 귀한 집안의 처자인 듯했다.

홍생은 계단에서 내려와 담장 틈에 숨어서 그녀의 거동을 지켜보았다. 미인은 남쪽 다락에 기대서서 달을 바라보며 나지막하게 시를 읊조렸는데, 풍류로운 태도에는 엄연한 법도가 배어 있었다. 시녀들이 비단 방석을 펴자 미인은 얼굴빛을 고치고 자리에 앉아 낭랑한 목소리로 말했다.

"이곳에서 시를 읊던 분은 어디 계신가요? 저는 꽃과 달의 요물도 아니고 연꽃 위를 걷던 여인도 아니랍니다. 다행히 오늘 밤, 만 리나 되는 하늘이 구름 걷혀 드넓고, 달이 높이 뜬 데다 은하수는 맑으며, 계수나무 열매 떨어지고 구슬 같은 백옥루는 차갑습니다. 술 한 잔에 시 한 수 읊으면서 마음속 깊은 정을 펼치고 싶군요. 이처럼 좋은 밤을 어찌 보낼까요?"

홍생은 그 말을 듣고 한편으로는 겁이 났지만, 한편으로는 기쁜 마음이 들었다. 그는 어떻게 해야 할지 몰라 머뭇거리다가 조그맣게 기침 소리를 냈다. 그러자 시녀가 소리 난 곳을 찾아와 청했다.

---

90 짐승의 꼬리털이나 삼 등을 묶어 자루에 맨 것으로, 인도에서는 벌레를 쫓을 때 사용했는데, 중국과 우리나라에서는 선종의 승려가 번뇌와 어리석음을 물리치는 표지로 지닌다.

"아가씨께서 모시고 오라 하셨습니다."

홍생은 공손한 모습으로 나아가서 절을 하고 꿇어앉았다. 여인도 여간 공경히 대하는 것이 아니었다. 그녀가 말했다.

"그대도 이리로 올라오시지요."

시녀는 두 사람 사이를 낮은 병풍으로 가려서 서로의 얼굴이 절반쯤만 보이게 했다.

여인이 조용히 말했다.

"그대가 조금 전에 읊조린 시는 무슨 뜻인가요? 저를 위해 말씀해 주시지요."

홍생은 시를 한 수 한 수 암송했다. 그러자 그녀가 웃으며 말했다.

"그대는 함께 시를 이야기할 만한 분이군요."

그러고는 즉시 시녀에게 술을 한 잔 올리게 했는데, 음식이 인간 세상의 것과 달랐다. 시험 삼아 씹어보니 어찌나 딱딱한지 먹을 수 없었고, 술도 너무 써서 마실 수 없었다.

여인이 빙그레 웃으며 말했다.

"그대 같은 속세의 선비가 어찌 백옥례(白玉醴)[91]와 홍규포(紅虬脯)[92]를 알겠습니까?"

그러고는 시녀에게 명했다.

"얼른 신호사(神護寺)[93]로 가서 절밥을 조금 얻어 오너라."

시녀는 명령을 받고 자리를 떠났다가 잠시 후에 돌아왔는데, 밥만

---

91   신선들이 마시는 술

92   규룡(虬龍, 뿔이 있는 새끼 용)의 고기를 말려서 만든 포

93   평양에서 서남쪽 4리쯤 떨어진 창관산(蒼觀山)에 있는 절이다. 원문에 "나한상(羅漢像)이 있는 절이다"라는 주석이 달렸는데, 이는 신호사의 나한에게 밥을 얻어 왔다는 의미다.

가지고 왔을 뿐 반찬이 없었다. 여인이 다시 명령했다.

"너는 주암(酒巖)으로 가서 반찬을 얻어 오너라."[94]

그러자 시녀는 순식간에 잉어구이를 가지고 돌아왔다.

홍생이 음식을 다 먹고 나자 여인은 그가 쓴 시의 뜻에 화답하는 시를 지었다. 그런 다음 그것을 아름다운 종이에 쓰고 시녀의 손을 빌려서 홍생에게 전해주었다. 시의 내용은 다음과 같다.

오늘 밤 부벽정 달이 진정 밝은데

맑은 이야기 나누니 그 감개 어떠한가?

나무 빛은 희미하여 푸른 일산 펴놓은 듯

강물은 살랑살랑 비단 치마 풀어놓은 듯.

시간은 날아가는 새처럼 훌쩍 흐르고

세상일은 흘러가는 물결처럼 자주 놀란다.

이 밤의 정회를 그 누가 알까?

몇 차례 종소리 안개 덮인 덩굴 저편에서 들려온다.

東亭今夜月明多 清話其如感慨何

樹色依稀靑盖展 江流激灘練裙拖

光陰忽盡若飛鳥 世事屢驚如逝波

此夕情懷誰了得 數聲鍾磬出烟蘿

옛 성의 남쪽 바라보니 대동강 나뉘어 있는데

---

94 원문에 "바위 밑에는 큰 연못이 있는데 그곳에 용이 산다"라는 주석이 달려 있다. 이 말은 용에게 가서 반찬을 얻어 왔다는 의미다.

강물 푸르고 모래 밝은데 기러기 떼 우는구나.

기린 수레 오지 않고 용도 이미 떠났으니

봉황 피리 벌써 끊어졌고 흙은 무덤이 되었구나.

맑은 남기(嵐氣)[95] 비 내릴 듯한데 시는 원만히 이루어졌고

들판의 절은 인적 없으며 술은 반쯤 얼큰하다.

구리 낙타[96] 가시덤불에 묻히는 걸 차마 보리니

천년의 발자취가 뜬구름이 되었구나.

故城南望浿江分 水碧沙明叫雁群

麟駕不來龍已去 鳳吹曾斷土爲墳

晴嵐欲雨詩圓就 野寺無人酒半醺

忍看銅駝沒荊棘 千年蹤跡化浮雲

풀뿌리 흐느끼고 겨울 쓰르라미 우는데

높은 정자에 한 번 오르니 생각 또한 아득하구나.

멈춘 비 남은 구름[97]은 지난 일을 아파하고

떨어진 꽃 흐르는 물에 세월을 느낀다.

가을 기운 담긴 물결 밀물 소리 장엄하고

강 한가운데 잠긴 누각 달빛이 서늘하다.

---

95 해 질 무렵 멀리 보이는 푸르스름하고 흐릿한 기운

96 중국 당나라 정치가 방현령(房玄齡)의 『진서』(晉書) 「색정전」(索靖傳)에 이런 글이 있다. "진나라 색정은 선견지명이 있어, 세상이 장차 요란할 줄 알고 낙양(洛陽) 궁궐 문의 구리 낙타를 가리키면서 탄식하기를, '반드시 네가 가시밭 속에 있음을 보겠다'라고 했다"[靖有 先識遠量 知天下將亂 指洛陽宮中銅駝嘆曰 會見汝在荊棘中耳].

97 남녀의 사랑이 이어지지 않는 것을 뜻한다.

이곳은 옛 문화의 터전이었는데

황폐한 성, 성긴 나무가 사람 마음을 괴롭힌다.

草根咽咽泣寒螿 一上高亭思渺茫

斷雨殘雲傷往事 落花流水感時光

波添秋氣潮聲壯 樓蘸江心月色涼

此是昔年文物地 荒城疎樹腦人腸

금수산 앞 금수 언덕

강가 단풍 옛 성을 비춘다.

똑딱똑딱 어디선가 다듬이질 소리 이어지고

어기여차 한 소리에 고깃배 돌아온다.

바위에 기대선 고목에는 담쟁이덩굴 기어오르고

풀 덮인 부러진 비석에선 이끼가 피어난다.

난간에 기대 말없이 옛일을 아파하니

달빛과 물결 소리 모두가 슬프구나.

錦繡山前錦繡堆 江楓掩暎古城隈

丁東何處秋砧苦 款乃一聲漁艇回

老樹依巖緣薜荔 斷碑橫草惹莓苔

凭欄無語傷前事 月色波聲惣是哀

성긴 별 몇 개가 하늘에 빛나고

은하수 맑고 얕은데 달은 밝기도 해라.

이제야 알겠구나, 호사한 일 모두 허사라는 걸.

내생을 점치기 어려우니 이생에서 만나야지.

좋은 술 한 동이에 마땅히 취할 일,

두터운 풍진세상 마음에 두지 마라.

만고의 영웅들도 흙과 먼지 되었나니

세상에 부질없이 남은 것은 죽은 뒤의 이름일세.

幾介疎星點玉京　銀河淸淺月分明

方知好事皆虛事　難卜他生遇此生

醹醥一樽宜取醉　風塵三尺莫嬰情

英雄萬古成塵土　世上空餘身後名

이 밤 어떠한가, 밤은 끝나가는데

낮은 담의 새벽달은 진정 둥글어라.

그대는 이제부터 세속 인연 벗어났으니

나와 함께 천 일 동안의 즐거움 누려보세.

강가 아름다운 정자에 사람들은 흩어지려 하고

계단 앞 어여쁜 나무엔 이슬 막 내린다.

이후에 서로 만날 곳을 알고 싶다면

봉래 언덕에 복숭아 익고 푸른 바다 마를 때이리.

夜何如其夜向闌　女墻殘月正團團

君今自是兩塵隔　遇我却賭千日歡

江上瓊樓人欲散　階前玉樹露初摶

欲知此後相逢處　桃熟蓬丘碧海乾

　　시를 받아 읽어본 홍생은 무척 기뻤지만, 그녀가 돌아갈까 염려되었다. 그래서 이야기를 나누며 붙잡을 생각으로 이렇게 물었다.

"송구하지만, 그대의 성함과 가문이 어떻게 되시는지요?"

여인이 탄식하면서 대답했다.

"저는 은나라 왕의 후예요, 기씨(箕氏)의 딸입니다. 제 선조 기자께서 진실로 이 땅에 봉해진 이후 예악(禮樂)과 정치제도가 탕왕(湯王)⁹⁸의 가르침대로 한결같이 지켜졌습니다. 팔조법금(八條法禁)⁹⁹으로 백성을 교화하여 아름답고 번화한 문명을 누리게 된 것이 천여 년이나 되었습니다. 그러다가 하루아침에 하늘의 운세가 어려워지고 갑작스레 재앙과 환란이 닥쳤습니다. 선고(先考)¹⁰⁰께서 필부(匹夫) 위만(衛滿)의 손에 패하고 마침내 나라를 잃으신 것이지요. 연(燕)나라 출신 위만은 이때를 틈타 왕위를 도둑질했으니, 결국 조선의 왕업은 무너지고 말았습니다. 저는 온갖 어려움을 겪으면서도 정절을 지키고 싶었기에 죽음만을 기다릴 뿐이었습니다.

그런데 홀연 신인(神人)께서 절 어루만지며 이렇게 말씀하셨습니다. '나는 이 나라의 시조(始祖)다. 나라를 오래 다스린 뒤 바다의 섬으로 들어가 신선이 되었다. 죽지 않고 살아온 지 벌써 수천 년이나 되었지. 너는 나를 따라 신선의 궁궐로 들어가서 즐겁게 사는 것이 어떻겠느냐?' 제가 그렇게 하겠노라고 대답하자 그분은 절 데리고 자기가 사는 곳으로 가셨지요. 그곳에 따로 집을 지어서 절 대접하셨을 뿐 아

---

98 중국 은나라의 초대 왕으로 제도와 전례(典禮)를 정비했다.

99 고조선 때의 8가지를 금하던 법이다. 살인자는 죽이고, 남을 다치게 한 자는 곡물로 배상하며, 도둑질을 한 자는 종으로 삼는다는 등의 내용이 전해진다. 팔조지교(八條之敎), 범금팔조(犯禁八條)로도 불린다.

100 세상을 떠난 아버지를 말한다. 여기서는 고조선의 마지막 왕 준왕(準王)을 지칭하므로, 여인이 준왕의 딸임을 암시한다.

니라 신선 세계의 불사약까지 내어주셨습니다. 그 약을 먹은 지 여러 날이 되자 홀연 몸이 가벼워지고 기운이 튼튼해지며 푸득푸득 뼈가 바뀌면서 날개가 돋는 것이 느껴졌습니다. 그때부터 저는 하늘 밖을 거닐고 우주를 노닐며 동천복지(洞天福地)[101]와 십주(十洲)[102] 그리고 삼신산(三神山)[103]을 유람하지 않은 곳이 없었습니다.

가을 하늘이 명랑하고, 하늘나라는 깨끗하고 맑은 데다 달빛은 물과 같았던 어느 날이었습니다. 달을 쳐다보던 중에 홀연 멀리 가보고 싶은 마음이 생겼습니다. 드디어 달에 올라가 옥황상제께서 계시는 광한루(廣寒樓)에 들어 수정궁(水晶宮)에서 항아(嫦娥) 선녀께 인사를 올리니, 제가 문장에 능하다는 점을 아시는 선녀께서 이렇게 권하셨지요. '인간 세상의 빼어난 곳이 비록 복지(福地)라고는 하지만 결국은 바람과 먼지 가득한 곳이지. 푸른 하늘을 밟고 흰 난새를 타면서 붉은 계수나무의 맑은 향기를 맡고, 푸른 하늘에서 차가운 빛을 마시며 백옥경(白玉京)에서 마음껏 노닐거나 은하의 뛰어난 곳에서 헤엄치는 것만 하겠느냐?' 그러고는 즉시 선녀님의 책상을 담당하는 시녀로 임명하시고 곁에서 일을 보게 해주셨으니, 그 즐거움은 이루 말할 수 없을 정도였답니다.

오늘 밤 홀연 고향의 우물이 생각나서 인간 세상을 내려다보며 고향을 둘러보니, 산천은 옛날과 같은데 사람은 간 데가 없더군요. 하얗

---

101 천하의 명산과 경치 좋은 곳을 뜻한다. 도교에서는 선경(仙經)에 36 동천(洞天)과 72 복지(福地)가 있다고 했다.

102 선인이 산다는 열 곳의 섬으로 조주(祖洲), 영주(瀛洲), 현주(玄洲), 염주(炎洲), 장주(長洲), 원주(元洲), 유주(流洲), 생주(生洲), 봉린주(鳳麟洲), 취굴주(聚窟洲)다.

103 동해(東海)에 있다고 하는, 신선들이 사는 세 개의 섬으로 봉래(蓬萊), 방장(方丈), 영주(瀛洲)를 말한다.

게 빛나는 달은 안개 먼지의 빛을 덮어주고, 하얀 이슬은 인간 세상의 더러움을 씻어주고 있었습니다. 그래서 하늘나라를 잠시 하직하고 슬며시 내려와 조상님들의 묘에 인사를 올렸습니다. 또 강가 정자에서 잠깐 노닐며 속마음을 터놓고 싶었지요. 때마침 글하는 선비를 만나니 기쁘기도 하고 부끄럽기도 하군요. 문득 아름다운 문장에 의지해 감히 보잘것없는 글을 펼치니, 말에 능하다고 할 수는 없겠지만 그저 마음을 펼친 것이라 여겨주십시오."

홍생은 다시 절하면서 머리를 조아리고 말했다.

"속세의 우매한 선비는 초목과 함께 썩는 것을 달갑게 여깁니다. 어찌 왕손의 천녀(天女)와 감히 시를 주고받길 바랐겠습니까?"

홍생은 직전에 그녀가 쓴 시를 한 번 보고 기억했으므로 얼른 다시 엎드리면서 말했다.

"저처럼 우매한 사람은 전생의 죄업이 깊고 두터워서 신선의 음식을 맛볼 수 없습니다만, 다행스럽게도 문자를 대강이나마 알아서 선녀님의 글을 조금 이해할 수 있으니 진실로 기이한 일입니다. 네 가지 아름다움[104]은 모두 갖춰지기 어려운 법인데, 오늘 구비되었으니 청컨대 〈강가 정자에서 가을밤 달을 구경하다〉[江亭秋夜玩月]를 제목으로 40운(韻) 시를 지어 저를 가르쳐 주십시오."

아름다운 여인은 고개를 끄덕이더니, 붓에 먹을 듬뿍 적셔서 한 번에 내리썼다. 마치 구름과 안개가 서로 어르는 것 같았다. 그렇게 달려가듯 붓을 움직여 즉시 시를 지으니, 내용은 다음과 같았다.

---

104 좋은 시절, 아름다운 경치, 이를 보고 즐거워하는 마음, 이를 보고 유쾌하게 노는 일을 말한다. 중국 남송(南宋)의 시인 사영운(謝靈運)의 글[天下良辰美景賞心樂事 四者難幷, 因以此爲四美]에서 비롯된 말이다.

달빛 하얗게 밝은 강가 정자

먼 하늘엔 옥 같은 이슬 흐른다.

맑은 빛은 은하수에 잠겼고

넓은 기운은 오동나무 가래나무에 서렸다.

밝고 깨끗한 삼천리

아리따운 열두 누각.

고운 구름엔 티끌 하나 없고

가벼운 바람에 두 눈 씻는다.

찰랑찰랑 흐르는 물을 따라

떠나가는 배 아련하게 전송한다.

배 안에서 창틈으로 보니

억새꽃 핀 모래톱에 비친다.

천상의 예상곡(霓裳曲)[105]을 연주하는 듯

옥도끼로 다듬는 것 구경하는 듯

진주로 용궁 지으니

물소의 빛이 염부제(閻浮提)[106]에 비친다.

원컨대 조지미(趙知微)[107]와 완상하면서

항상 나공원(羅公遠)[108]을 따라 노닐기를.

---

105 달나라 음악을 본떠 만든 〈예상우의곡〉(霓裳羽衣曲)의 준말이다.

106 염부주(閻浮洲)를 이름으로 '염부나무가 무성한 땅'이라는 뜻이며, 수미산(須彌山) 사대주 (四大洲)의 하나다. 수미산의 남쪽 바다 가운데에 있다는 섬인데, 삼각형(三角形)을 이루고, 너비가 칠천유순(七千由旬, 1유순은 소달구지가 하루에 갈 수 있는 거리)이라고 한다.

107 당나라 때 술사(術士)로, 도술을 써서 장마 중에도 친구들과 함께 달을 보며 즐겼다는 전설이 있다.

108 당나라 때의 술사로, 조지미와 같이 노닐었다고 한다.

별빛 차가우니 까막까치 놀라고

달그림자 비치니 오나라 소 헐떡인다.[109]

은은하게 푸른 산을 두르고

둥글둥글 푸른 바다 한쪽에서 떠오르니

그대와 함께 열쇠로 열고

흥에 겨워 주렴을 걷는다.

이태백이 술잔을 멈추었던 날[110]

오강[111]이 계수나무 찍었던 시절,

흰 병풍은 찬란하게 빛났고

비단 휘장엔 수가 아름답게 놓여 있었지.

보배 거울 갈아서 막 걸어놓자

얼음 같은 둥근 달은 멈출 수 없었다.

금물결 어찌 그리 아름다운지,

은하수 진정 유유히 흘렀네.

칼을 빼서 요사스러운 두꺼비 찍어보고

그물 펼쳐서 교활한 토끼 잡아보세.

하늘엔 내리던 비 개고

돌길엔 옅은 안개 걷힌다.

난간은 수많은 나무 위로 우뚝하고

계단은 만 길 폭포를 마주했다.

---

109 오나라는 더운 지방이다 보니 소가 달을 보고도 태양인가 해서 헐떡인다고 한다.

110 이백(李白)의 〈파주문월시〉(把酒問月詩)에, "청천에 있는 저 달 언제나 오려나? 내 술잔 멈추고 한번 물어보노라"[靑天有月來幾時 我今停杯一問之]라는 구절이 있다.

111 오강(吳剛)이 벌을 받아 달 속의 계수나무를 깎았다는 전설이 있다.

먼 곳에선 그 누가 길을 잃었는가?

고향 땅에선 다행히 친구 만났다.

복숭아꽃 오얏꽃 서로 주고받으니

술잔 서로 주고받을 만하네.

좋은 시 짓느라 시간을 다투고

좋은 술 마시느라 산가지 더한다.

화로엔 검은 숯 불꽃 튕기고

노구솥엔 보글보글 물방울 끓어오른다.

용연향(龍涎香)[112]은 수압(睡鴨) 향로[113]에 피어오르고

맛좋은 술은 큰 술잔에 가득하여라.

우는 학은 외로운 소나무에서 놀라고

우는 쓰르라미는 사방 벽에서 근심한다.

의자에선 은호(殷浩)와 유량(庚亮)이 이야기 나누고[114]

진나라 물가에선 사상(謝尙)과 원굉(袁宏)이 노닐었지.[115]

---

112 향(香)의 이름이다. 용이 교미할 때 나온 정액이 바다에 흐른 것을 가져다가 말려서 가루로 만든 것이라고 한다.

113 구리로 졸고 있는 오리 모양을 만들고, 오리의 부리에서 연기가 나오게 한 향로

114 유량은 동진(東晉) 성제(成帝)의 외척(外戚)이다. 그는 자기 부하인 은호(殷浩)와 신분 차이를 따지지 않고 대화를 나누곤 했다. 여기서는 신분이 다른 기자의 딸과 홍생이 서로 시를 주고받으며 대화 나누는 것을 의미한다.

115 진나라의 사상은 예술에도 조예가 있었고 병법에도 정통해서 후에 진서장군(鎭西將軍)을 지낸 인물이다. 이에 반해 원굉은 어린 나이에 고아가 되어 가난하게 살았다. 사상이 우저(牛渚)를 지키던 때였다. 가을밤 평민 복장으로 휘하 관리들과 강 위에 배를 띄워 달을 감상하고 있는데, 때마침 원굉이 멀리 배 위에서 자작시를 읊조렸다. 사상은 그 소리가 청랑(清朗)하고 시어(詩語) 또한 아름답다고 격찬했는데, 그 뒤로 원굉의 명성이 날로 높아져 훗날 관직이 동양태수(東陽太守)에 이르렀다. 여기서는 기자의 딸과 홍생이 만나서 밤늦도록 이야기 나누는 것을 나타낸다.

어렴풋하게 황량한 성 남아 있는데

쓸쓸하게 풀과 나무 시들었다.

푸른 단풍은 짙은 이슬로 흔들리고

노란 갈대는 불어오는 바람에 차가워라.

신선의 세계는 하늘과 땅이 드넓고,

인간 세상엔 세월이 빠르다.

옛 궁궐엔 벼와 기장 이삭 자라고

들판 묘당(廟堂)엔 뽕나무 가지 얽혀 있다.

좋고 나쁜 명성은 깨진 비석에 남아 있으니

나라의 흥망을 날아다니는 갈매기에게 묻는다.

달은 늘 기울었다가 차오르는데

인생은 하루살이 신세로다.

궁전은 절이 되었고

옛 임금은 떠나간 지 오래.

반딧불이는 휘장 저편에서 작게 반짝이고

귀신불은 숲 옆에 그윽하다.

옛날을 생각하며 많은 눈물 흘리고

지금을 아파하며 절로 근심에 잠긴다.

단군은 목멱산에 남아 계시고

기자의 도읍은 다만 구루[116]에만 남아 있다.

굴에는 기린의 흔적 남아 있고

언덕에는 숙신(肅愼)의 화살 보인다.

116 고구려의 옛 성 이름으로 여기서는 평양을 지칭한다.

난향(蘭香) 선녀는 신선의 궁궐로 돌아가고

직녀(織女)는 푸른 용을 타고 간다.

문사(文士)는 꽃 같은 붓을 멈추고

선녀는 공후 연주를 마쳤어라.

노래 끝나자 사람들 흩어지려는데

바람 고요하고 노 젓는 소리 부드럽다.

月白江亭夜　長空玉露流　淸光蘸河漢　灝氣被梧楸

皎潔三千里　嬋娟十二樓　纖雲無半點　輕颸拭雙眸

漖灟隨流水　依稀送去舟　能窺蓬戶隙　偏暎荻花洲

似聽霓裳奏　如看玉斧修　蚌珠胚貝闕　犀暈倒閶浮

願與知微玩　常從公遠遊　芒寒驚魏鵲　影射喘吳牛

隱隱靑山廓　團團碧海陬　共君開鑰匙　乘興上簾鉤

李子停盃日　吳生斫桂秋　素屛光燦爛　紈幄細雕鎪

寶鏡磨初掛　氷輪駕不留　金波何穆穆　銀漏正悠悠

拔釖妖蟆斫　張羅羨兎罜　天衢新雨霽　石逕淡煙收

檻壓千章木　階臨萬丈湫　關河誰失路　鄕國幸逢儔

桃李相投報　罍觴可獻酬　好詩爭刻燭　美酒剩添籌

爐爆烏銀片　鐺翻蟹眼漚　龍涎飛睡鴨　瓊液滿瘦甌

鳴鶴孤松驚　啼螿四壁愁　胡床殷瘦[117]話　晉渚謝袁遊

行佛荒城在　蕭森草樹稠　靑楓搖湛湛　黃葦冷颼颼

仙境乾坤闊　塵間甲子遒　故宮禾黍穗　野廟梓桑樛

芳臭遺殘碣　興亡問泛鷗　纖阿常仄滿　累塊幾蜉蝣

117 '瘦'은 '庾'의 오자로 보인다.

行殿爲僧舍 前王葬虎丘 螢燐隔幔小 鬼火傍林幽

弔古多乘淚 傷今自買憂 檀君餘木覓 箕邑只溝婁

窟有麒麟跡 原逢肅愼鍭 蘭香還紫府 織女駕蒼虯

文士停花筆 仙娥罷坎堠 曲終人欲散 風靜櫓聲柔

시 쓰기를 마친 여인은 붓을 내려놓더니 허공을 밟으며 떠나갔는데, 어디로 갔는지는 알 수 없었다. 그녀는 돌아갈 때 시녀를 시켜 홍생에게 말을 전했다.

"옥황상제의 명이 지엄하여 이제 흰 난새를 타고 가야 합니다. 맑은 대화가 아직 끝나지 않아서 제 마음이 무척 서운합니다."

잠시 후 회오리바람이 땅을 휘감더니 홍생이 앉았던 자리를 걷고 써놓았던 시도 가져갔는데, 이 또한 어디로 가는지 알 수 없었다. 아마도 신이한 이야기를 인간 세상에 전하지 않으려는 듯했다.

홍생은 고요히 서서 아득히 생각해봤지만, 꿈인 듯 꿈이 아닌 듯, 진짜 일어난 일인 듯 진짜가 아닌 듯 도무지 분간할 수 없었다. 난간에 기대어 깊이 생각한 뒤에야 비로소 여인과 나누었던 이야기를 모두 기억해낼 수 있었다. 신기한 만남을 되새겨보니 그녀와 나눈 정회가 아직 풀리지 않은 듯했다. 그래서 조금 전의 회포를 떠올리며 시를 한 수 읊었다.

잠깐 꿈꾸는 사이 양대에서 누렸던 즐거운 일,

어느 때나 옥소(玉簫)[118]가 돌아오는 걸 다시 볼거나.

강 물결은 비록 무정하지만

구슬피 흐느끼며 바다로 흘러간다.

雲雨陽臺一夢間 何年重見玉簫環

江波縱是無情物 嗚咽哀呼下別灣

　홍생은 시 읊기를 마치고 사방을 둘러보았다. 산속 절에서 종소리가 들려왔고 물가 마을에서는 닭이 울었다. 달은 은은히 평양성의 서쪽으로 넘어가고 있었으며, 하늘에서는 샛별만 반짝거렸다. 뜰에서는 쥐가 찍찍거렸고 앉아 있던 자리 옆에서는 벌레가 울었다. 무언가 근심스러우면서도 슬픈 느낌이 밀려왔고, 숙연해지면서도 왠지 두려운 마음이 들어서 더는 그곳에 머물 수 없었다.

　발길을 돌려서 배로 돌아가 우울한 마음으로 처음 머물렀던 언덕에 가니, 함께 유람 왔던 동료들이 그를 보고 다투어 물었다.

　"어제저녁에는 어디서 주무셨는가?"

　홍생이 거짓으로 대답했다.

　"낚싯대를 들고 달빛을 타고 장경문(長慶門) 밖으로 나갔지. 조천석(朝天石) 옆에서 금린어(錦鱗魚)를 낚으려 했는데, 때마침 밤이 서늘하고 물이 차가워서 붕어 한 마리 잡지 못했네. 어찌나 안타깝던지."

　동료들은 그의 말을 의심하지 않았다.

　그 뒤 홍생은 기씨(箕氏) 여인을 생각하다가 병을 얻어 비쩍 마른 몸

118　전하는 이야기에 따르면, 당나라 위고(韋皐)가 아직 벼슬에 나아가지 않았을 때 강하(江夏)에 있는 강사군(姜使君)의 집에서 잠시 몸을 의지하고 있었다. 그때 시중을 들던 옥소라고 하는 여인과 사랑을 하게 되어 훗날 부부가 되기로 약속했다. 그러던 중 위고가 집으로 돌아간 뒤 소식이 없자 옥소는 모든 음식을 끊어버리고 숨을 거두었다. 옥소는 다음 생에 다시 태어나 결국은 위고를 모시는 시첩(侍妾)이 되었다고 한다. 당나라 범터(范攄)의 『운계우의』(雲谿友議) 권3에 나오는 이야기다.

으로 집에 돌아갔다. 그러나 정신이 황홀(恍惚)[119]하고 말에 조리가 없었으며, 침상에서 뒤척거리기만 할 뿐 좀처럼 잠을 이루지 못했다. 그렇게 시간이 갈수록 병세가 악화되었다.

하루는 홍생이 꿈에서 옅게 화장한 미인을 만났다. 그녀는 그에게 이런 말을 전했다.

"저희 아가씨가 옥황상제께 아뢰었더니, 상제께서 선비님의 재주를 아까워하시고 견우성(牽牛星) 막하의 종사관(從事官)으로 삼으셨습니다. 상제께서 친히 임명하셨으니 어찌 피할 수 있겠습니까?"

홍생이 놀라서 깨어보니 꿈이었다. 그는 집안사람에게 명하여 몸을 깨끗이 씻고 옷을 갈아입었다. 이어서 향을 피우고 땅을 깨끗이 쓴 뒤 뜰에 자리를 폈다. 그곳에서 턱을 괴고 잠시 눕더니 홀연 세상을 떠났다. 9월 15일의 일이었다. 빈소에 안치한 지 여러 날이 지나도록 시신의 얼굴빛은 전혀 변하지 않았다. 그런 이유로 사람들은 그가 신선을 만나서 인간의 몸을 벗고 하늘에 올라갔다고 생각했다.

119 흐릿해서 분명하지 않다.

남염부주 이야기

—남염부주지(南炎浮洲志)

〈현왕도〉(보훈, 영겸, 달오, 덕민, 18세기). 죽은 사람의 선악을 심판하는 왕인 염라대왕을 그렸다(© 국립중앙박물관).

∞

성화(成化)[120] 초, 경주에 박생(朴生)이라는 사람이 살았다. 그는 유학 공부에 정진하며 늘 태학관(太學館)에서 학문을 닦았다. 여태껏 과거에 급제하지 못한 터라 마음속으로는 불만을 품었으면서도, 뜻과 기상이 높고 빼어나서 위세에 굴복하지 않았다. 그래서인지 오만하다는 평을 듣기는 했지만, 사람들을 대할 때면 순박하면서도 성실한 태도로 대화를 나누었기 때문에 온 고을이 그를 칭찬했다.

박생은 일찍이 불교나 무속, 귀신 등과 같은 학설을 의심해서, 어느 한쪽으로 확실하게 결론을 내리지 못하고 있었다. 그러다가 『중용』(中庸)과 『주역』(周易)을 연구한 뒤에는 그런 문제에 대해 의심하지 않게 되었다고 자부했다. 그러나 온순하고 인정이 두터운 성품이라 스님들과 교유하기도 했는데, 마치 한유(韓愈)[121]와 태전(太顚)[122] 혹은 유종원

---

120 중국 명나라 헌종(憲宗)의 연호다. 성화 원년은 세조 11년(1465년)에 해당된다.

121 한유(768-824)는 당나라 때의 관료이자 문장가로, 특히 유학에 기반해 뛰어난 글을 써서 후세에 큰 영향을 미쳤으며, 고문 운동(古文運動)의 제창자로 꼽힌다. 불교를 강하게 비판한 「불골표」(佛骨表)는 조선의 유학자들에게 널리 읽혔다.

(柳宗元)[123]과 손상인(巽上人)[124]의 사이처럼 두세 사람과 가깝게 지냈다. 스님들 역시 박생을 문사(文士)로 대우해서 사귀었는데, 마치 혜원(慧遠)[125]이 종병(宗炳)[126]이나 뇌차종(雷次宗)[127]과 교유한 것이라든지 지둔(支遁)[128]이 왕탄지(王坦之)[129]와 사안(謝安)[130]과 교유한 것처럼 서로 막역한 벗이 되었다.

하루는 어떤 스님에게 천당과 지옥에 대한 학설을 질문했다가 이런 의문을 품게 되었다.

'천지(天地)는 하나의 음(陰)과 양(陽)일 뿐이다. 어찌 천지 밖에 또 다른 천지가 있겠는가? 이는 분명 잘못된 말일 것이다.'

그는 다시금 스님에게 질문했지만, 스님 역시 속 시원한 답을 내놓

122　태전(732-824)은 당나라 때의 선사(禪師)로, 축융봉에서 선풍을 널리 떨치며 제자를 길렀다. 한유가 불교를 비판하는 글을 쓴 뒤 조주(潮州)로 좌천되었을 때, 그와 교분을 맺었다.

123　유종원(773-819)은 당나라 때의 관료이자 문장가다. 한유와도 교유가 있었다. 고문에 빼어났으며, 특히 산수유기(山水遊記) 분야를 개척했다.

124　당나라 때의 선사 중손(重巽)을 지칭한다. 유종원이 영주(永州)로 좌천되었을 때 만나서 깊은 교유를 했다. 중손 선사가 대밭에서 딴 찻잎으로 만든 차를 보내준 것에 고마워하면서 지은 유종원의 시가 남아 있다.

125　동진 때의 승려 혜원(334-416)은 중국 정토교의 시조로 불린다. 여산(廬山)에 살면서 오랫동안 산문 밖을 나가지 않았으며, 당대의 명사들과 교유했다.

126　남북조시대 송나라의 화가 종병(375-443)은 세상 곳곳을 유람하면서 그림을 그렸다.

127　뇌차종(386-448)은 남북조시대 송나라의 유학자로, 여산에 들어가 혜원 선사와 함께 살면서 공부했다.

128　지둔(314-366)은 동진 때의 승려다. 반야 계통의 불전 연구로 이름이 높았으며, 노장사상에 기반한 불교 해석에 뛰어났다.

129　왕탄지(330-375)는 동진 때의 유학자로, 효무제가 즉위하자 사안과 함께 어린 황제를 보필했다. 후에 불교를 믿어서 여러 고승들과 교유했다.

130　사안(320-385)은 동진 때의 재상으로, 왕탄지와 함께 어린 황제를 보필했다. 오랫동안 회계(會稽)에 은거하면서 왕희지, 지둔 등과 교유하며 풍류를 즐겼다.

지 못했다. 다만 죄와 복은 자신의 행위에 따라 응보를 받게 된다는 말로 대신했을 뿐이다. 박생 또한 진정으로 그 말을 수긍할 수 없었다. 그는 이단의 학설에 빠지지 않으려고 「일리론」(一理論)이라는 글을 지어서 늘 스스로 경계해왔다. 글의 요지는 다음과 같다.

일찍이 들으니 '천하의 이치는 하나일 뿐'이라고 한다. 하나란 무엇인가? 두 가지 이치가 없다는 뜻이다. 이치[理]란 무엇인가? 천성(天性)을 말한다. 천성이란 무엇인가? 하늘이 내린 명령이다. 하늘은 음양오행(陰陽五行)으로 만물을 만들어내고 기(氣)로써 형체를 만들며 거기에 리(理)도 주어진다. 이른바 '리'라는 것은 일상에서 사용하는 사물에 관해 각각 자신만의 조리(條理)를 가지는 것이다. 예컨대 아버지와 자식을 말하면 둘 사이에서는 사랑[親]을 다해야 하고, 임금과 신하를 말하면 의로움[義]을 다해야 하며, 남편과 아내라든지 어른과 어린 사람 사이에도 각각 마땅히 행해야 할 길이 있다는 것이다. 이것을 이른바 '도'(道)라고 한다. 리는 내 마음에 갖추어져 있다. 그것을 따르면 어디를 가든 편안하겠지만, 만약 거스르고 천성을 어긴다면 재앙을 만나게 될 것이다. 궁리진성(窮理盡性)[131]은 '리'를 연구하는 것이고, 격물치지(格物致知)[132]는 '리'를 탐구하는 것이다. 모름지기 날 때부터 이 마음을 갖지 않는 사람은 없고, 이 천성을 갖지 않은 사람도 없으며, 천하 만물 역시 이 '리'를 갖지 않은 것이 없

---

131 우주의 이치를 궁구하고 인간의 본성을 다함.
132 사물을 깊이 궁구하여 앎에 이르는 것으로, 주자학이 내세우는 공부의 기본이다. 주희(朱熹)가 『대학』(大學)에서 제시한 개념이다.

다. 마음의 허령(虛靈)[133]함은 원래 그러한 천성을 따르는 것이다. 사물에 나아가 리를 궁구하고, 사물을 근거로 하여 근원을 찾아 올라간다. 그 지극한 곳에 이르기를 구한다면 천하의 리가 하나하나 환하게 드러날 것인데, 그 지극한 리는 사람 마음속에 모두 펼쳐져 있다. 이러한 방법으로 추론해보면 천하와 국가도 모두 거기에 포괄되고 통합될 것이며, 천지의 운행에 참여해도 어긋남이 없을 것이며, 귀신에게 묻거나 따지더라도 미혹되지 않을 것이며, 고금(古今)을 두루 밟아나가더라도 추락하지 않을 것이다. 유학자의 일은 여기에 머물러야 한다. 천하에 어찌 두 개의 이치가 있겠는가? 저 이단의 학설을 나는 믿을 수 없다.

어느 깊은 밤, 자기 방에서 등불을 돋우고[134] 『주역』을 읽던 박생은 잠시 베개에 기대었다가 설핏 잠이 들었다. 그는 홀연 어떤 나라에 가게 되었는데, 바로 바다 한가운데 있는 섬이었다. 그 땅에는 풀이나 나무가 없었고 모래와 자갈도 보이지 않았다. 밟히는 것이라고는 오직 구리가 아니면 쇠였다. 낮에는 뜨거운 불꽃이 하늘에 닿아서 대지가 완전히 녹아내렸고, 밤에는 매서운 바람이 서쪽에서 불어와 사람의 살과 뼈에 스미는 듯해서 타파(吒波)[135]를 이겨낼 수 없었다.

바닷가에는 쇠로 된 절벽이 성처럼 둘러 있었다. 크고 웅장한 철문(鐵門)은 굳게 잠겨 있었는데, 이빨이 사납고 추악한 문지기가 창과 쇠

---

133 마음의 본체(本體)를 형용하는 성리학의 용어로, 공허하여 형체가 없으나 그 기능은 밝고 신령스러운 것을 말한다.

134 원문의 "도등"(挑燈)은 등잔의 심지를 돋우어 불을 더 밝게 한다는 뜻이다.

135 불교 용어로 '장애'(障礙)를 뜻한다.

몽둥이를 들고 아무나 들어오지 못하도록 막고 있었다. 쇠로 집을 지은 터라 성안에 사는 백성은 낮에는 뜨거워서 살이 문드러졌고 밤이 되면 추위로 몸이 얼어붙었다. 아침과 저녁으로만 꾸물꾸물 움직이면서 웃거나 이야기하는 것 같았다. 그렇지만 그들은 별로 고통스러워하지 않았다.

박생이 무척 놀라 주춤거리고 있을 때 문을 지키던 자가 그를 불렀다. 박생은 무척 당황했지만, 명을 어길 수가 없어서 조심스러운 걸음으로 그에게 다가갔다. 문지기가 창을 세우면서 물었다.

"너는 어떤 사람이냐?"

박생은 벌벌 떨면서 대답했다.

"저는 아무 나라 아무 땅에 사는 아무개인데, 세상 물정에 어두운 일개 유생입니다. 신령스러운 관리님을 함부로 모독했으니 벌을 받아 마땅하지만 부디 너그럽게 생각하시고 널리 용서해주십시오."

박생은 자리에 엎드려 두 번 세 번 고개를 조아리면서 자신의 당돌한 행동을 사과했다. 그러자 문을 지키는 자가 말했다.

"유학자는 위협을 당해도 굴하지 않아야 할 터인데, 어찌 이렇듯 몸을 굽힌단 말입니까? 우리는 벌써 오래전부터 이치를 아는 군자(君子)를 뵙고 싶어 했습니다. 우리 왕께서도 당신 같은 사람을 만나서 동방에 사는 이들에게 한 말씀 전하고 싶어 하십니다. 여기 잠깐 앉아 계시면, 내가 왕께 가서 당신이 왔다는 말씀을 아뢰겠습니다."

말을 마친 문지기는 허리를 숙여 종종걸음으로 들어갔다. 잠시 뒤 그가 다시 나와서 말했다.

"왕께서는 편전(便殿)에서 당신을 맞이하겠다고 하셨습니다. 당신은 거짓말로 응대하면 안 됩니다. 위엄 때문에 말씀을 꺼려도 안 됩니다. 우리 나라 백성에게 위대한 도리의 요체를 들려주십시오.”

말이 끝나자 흑의동자(黑衣童子)와 백의동자(白衣童子)가 손에 문서를 들고 나왔다. 하나는 검은 바탕에 푸른 글자로 썼고, 다른 하나는 흰 바탕에 붉은 글자로 쓴 것이었다. 그들은 박생 옆에서 문서를 펼쳤다. 박생이 붉은 글자를 보니 다음처럼 이름과 성이 적혀 있었다.

“현재 아무 나라에 거주하는 박 아무개는 금생(今生)에 죄가 없으니 마땅히 이 나라 백성이 될 수 없다.”

박생이 물었다.

“제게 이 문서를 보여주신 이유는 무엇인지요?”

그러자 동자가 대답했다.

“검은 바탕의 문서는 악인의 명부이고 흰 바탕의 문서는 선인의 명부입니다. 선인의 명부에 있는 사람들은 왕께서 마땅히 선비의 예로 초빙하여 맞이하십니다. 악인의 명부에 있는 사람들은 비록 죄에 대해 벌주시지는 않습니다만 천한 사람의 예에 따라 대우하십니다. 왕께서 선비님을 보시면 마땅히 예를 극진히 차리실 겁니다.”

말이 끝나자 그들은 명부를 가지고 들어갔다. 잠시 뒤 바람을 타고 아름다운 수레가 당도했다. 그 위에는 연꽃으로 장식한 자리가 펼쳐져 있었는데, 아름답고 화려하게 차려입은 남자아이와 여자아이가 각각 불자(拂子)와 일산(日傘)을 들고 서 있었다. 무사들과 나졸들이 창을 휘두르면서 비키라고 소리치며 길을 열었다.

박생이 머리를 들어 바라보니 앞에는 세 겹으로 쌓은 무쇠 성이 있었고 궁궐은 금으로 된 산 아래에 높이 솟아 있었는데, 그곳에서는 불꽃이 넘실거리면서 이글이글 타올랐다. 길옆을 바라보니 사람들은 불꽃 속에서 녹아내린 구리와 쇠를 마치 진흙탕 밟듯이 밟으며 걸어 다녔다. 박생의 앞쪽 십여 걸음쯤 되는 길은 숫돌처럼 매끈했는데, 거기에는 쇠가 흘러내리지도 않았고 뜨거운 불꽃도 없었다. 아마도 신기하고 이상한 힘으로 그렇게 변한 것 같았다.

왕성(王城)에 이르자 사방의 문이 활짝 열렸다. 연못가의 누각은 인간 세상의 건물과 다를 바 없어 보였다. 두 명의 미녀가 나와서 절하더니, 박생을 옆에서 부축하고 들어갔다. 왕이 계단 아래로 내려와 박생을 맞았다. 그는 통천관(通天冠)[136]을 쓰고 허리에 문옥대(文玉帶)[137]를 둘렀으며, 손에는 옥으로 만든 홀인 규(珪)를 잡고 있었다. 박생이 땅에 엎드려 부복(俯伏)하면서 감히 쳐다보지 못하자 왕이 말했다.

"서로 사는 땅이 달라서 그대를 통제하거나 다스릴 수 없소이다. 이치를 아는 군자께서 어찌 내 위세 때문에 몸을 굽힌단 말이오."

왕은 박생의 소매를 잡고 함께 편전 위로 올라갔다. 난간은 옥으로 만들었으며, 한쪽에 금상(金床)이 펼쳐져 있었다. 자리에 앉자 왕은 시자(侍者)[138]를 불러서 다과를 올리도록 했다. 박생이 곁눈으로 살펴보니 차는 구리를 녹인 것이었으며 과일은 쇠구슬이었다. 그는 놀라는 한편 겁이 났지만 감히 피할 수가 없어서 그들이 하는 모습을 바라보기만 했다. 머지않아 차와 과일에서 이루 말할 수 없이 좋은 향내가 풍겨 나와 편전을 가득 채웠다.

다과를 마치자 왕이 박생에게 말했다.

---

136 임금이 조칙(詔勅)을 내리거나 정무(政務)를 볼 때 쓰는 관이다. 검은 비단[烏紗]으로 만드는데, 앞뒤에 각각 열두 솔기가 있고, 오채옥(五采玉) 열둘을 꿰었으며, 옥잠(玉簪)과 홍영(紅纓)을 갖추었다. 높이는 9치나 된다.

137 아름다운 광채[文彩]가 나는 옥으로 만든 띠

138 귀한 사람을 모시고 시중드는 사람

"선비는 이곳을 모르시지요? 여긴 이른바 염부주(炎浮洲)라는 곳입니다. 궁의 북쪽 산이 옥초산(沃焦山)[139]입니다. 이 섬은 우주의 남쪽에 있어서 '남염부주'라고 부릅니다. 염부(炎浮)란 불꽃이 이글이글 타올라 항상 허공에 떠 있기 때문에 붙은 이름이지요. 내 이름은 염마(炎摩)입니다. 불꽃이 늘 내 몸을 어루만지고 있어서 그렇게 부릅니다. 내가 이 땅을 다스린 지 만여 년이나 되었습니다. 오래 살고 신령스럽다 보니 마음이 가는 바는 신통하지 않은 것이 없고, 하고 싶은 일은 무엇이든 뜻에 맞지 않는 것이 없습니다. 창힐(蒼頡)이 글자를 만들었을 때는 우리 백성을 보내 통곡했고, 석가모니가 깨달음을 얻는 순간에는 우리 무리를 보내서 보호했지요. 다만 삼황(三皇), 오제(五帝), 주공(周公)[140], 공자(孔子)는 제각각 도(道)로써 스스로를 지켰기 때문에, 내가 그 사이에 설 수는 없었습니다."

박생이 물었다.

"주공과 공자, 석가모니는 어떤 사람입니까?"

왕이 말했다.

"주공과 공자는 중화 문화 가운데서 성인이고, 석가모니는 서역의 간악한 사람들 가운데서 성인입니다. 비록 문화가 발달했다 해도 인간의 성품은 순수함과 더러움이 섞여 있기 마련이니, 주공과 공자가 그들을 통솔했습니다. 간악한 사람들은 몽매(蒙昧)하긴 하지만 그 기질은 날카로움과 둔함이 있으니, 석가모니가 그들을 일깨웠습니다.

---

139 동해 끝 바다 한가운데에 있다고 하는 산으로, 화염이 높이 솟구치며 타오르기 때문에 이런 이름이 붙었다.

140 주나라의 정치가다. 문왕의 아들로 형인 무왕을 도와 은나라를 멸했고, 주나라의 기초를 튼튼히 했다. 예악 제도(禮樂制度)를 정비했으며, 『주례』(周禮)를 지었다고 알려져 있다.

주공과 공자의 가르침이 올바름으로 사악함을 제거하는 방식이라면, 석가모니의 불법은 사악함을 펼침으로써 사악함을 제거하는 방식입니다. 올바름으로 사악함을 제거하기 때문에 주공과 공자의 말씀은 바르고 곧으며, 사악함으로써 사악함을 제거하기 때문에 석가모니의 말씀은 허황된 부분이 있습니다. 한쪽은 바르고 곧아서 군자가 따르기 쉽고, 다른 한쪽은 허황하기에 소인들이 믿기 쉽습니다. 그렇지만 모두 그 지극한 경지에 가면, 군자든 소인이든 결국 올바른 도리로 돌아가게 됩니다. 세상을 미혹하고 백성을 속임으로써 이단의 도를 가지고 그릇되게 만들었던 적은 없습니다.”

박생이 또 물었다.

“귀신에 관한 설은 어떻습니까?”

그러자 왕이 대답했다.

“귀(鬼)란 음(陰)의 영(靈)이고 신(神)이란 양(陽)의 영이니, 대개 조화의 흔적이면서 음과 양 두 기(氣)의 뛰어난 작용이지요. 살아 있으면 ‘인물’(人物)이라 하고, 죽으면 ‘귀신’이라고 하지만 그 이치는 전혀 다르지 않습니다.”

“속세에는 귀신에게 제사를 올리는 예가 있습니다. 그렇다면 제사를 받는 귀신은 조화로서의 귀신과 다른 존재입니까?”

“다르지 않습니다. 선비께서 어찌 그것을 보지 못합니까? 옛 유학자가 말씀하기를, ‘귀신은 형체도 없고 소리도 없다’라고 했습니다. 그러니 사물의 끝과 시작은 모두 음과 양이 합쳐졌다가 흩어졌다가 하는 가운데 나오는 일입니다. 천지에 제사를 지내는 것은 음양의 조화를 정중하게 대하는 일이고, 산천에 제사를 지내는 것은 기(氣)의 변화에 보답하는 일입니다. 조상에게 제향(祭享)을 올리는 것은 자기의 근본에게 보답하는 일이고, 육신(六神)[141]에게 제사를 지내는 것은 재앙을 면하려고 하는 일입니다. 이 일들은 모두 사람들이 지극히 공경하게 하려고 하는 것입니다. 그들이 형체나 물질적인 것을 가지고 사람들에게 재앙이나 복을 함부로 주는 것은 아닙니다만, 사람들은 향을 살라 슬퍼하면서 마치 내 귀에 소리가 들리는 것처럼 하고 있지요. 바로 이런 원리를 일러주기 위해서 공자가 '귀신을 공경하되 멀리하라'라고 말한 것입니다."

"인간 세상에는 흉악한 기운과 요사스러운 귀신들이 사람을 해치고 사물을 홀립니다. 이 또한 마땅히 귀신을 말하는 것이겠지요?"

"귀(鬼)란 굽힌다[屈]는 뜻이고, 신(神)이란 펼친다[伸]는 뜻입니다. 굽히면서도 펴는 것은 조화의 신이요, 굽히지만 펴지 않는 것이 바로 꽉 막혀 있는 요귀입니다. 조화로움에 합치되기 때문에 음과 양, 끝과 시작이 모두 자취가 없고, 꽉 막혀서 답답하게 얽혔기 때문에 사람과 사물이 뒤섞여 원망하며 형체를 가지는 겁니다. 산에 있는 요괴를 소(魈)라 하고, 물에 있는 요괴를 역(魊)이라 하며, 수석(水石)에 있는 귀신을 용망상(龍罔象)이라 하고, 목석(木石)에 있는 귀신을 기망량(夔魍魎)이라 합니다. 사물을 해치는 것을 여(厲)라 하고, 사물을 괴롭히는 것을 마(魔)라 하며, 사물에 의지해 있는 것을 요(妖)라 하고, 사물을 유혹하는 것을 매(魅)라 하는데, 이들은 모두 귀(鬼)입니다. '음양을 헤아릴 수 없는 것을 신(神)이라 한다'라고 했으니, 이것이 바로 '신'입니다. 신이란

---

141 오방(五方)을 지킨다는 여섯 신(神)이다. 청룡(靑龍)은 동을, 백호(白虎)는 서를, 주작(朱雀)은 남을, 현무(玄武)는 북을, 구진(句陳)과 등사(螣蛇)는 중앙을 지킨다고 한다. 이들 여섯 신은 부모, 자손, 형제, 관귀(官鬼) 등과 서로 짝을 이루기 때문에, 가까운 집안사람들을 의미하기도 한다.

오묘한 작용을 말하고 귀란 뿌리로 돌아가는 것을 말하지요.

하늘과 사람은 하나의 이치요, 드러난 것과 숨겨진 것 사이에는 차이가 없습니다. 뿌리로 돌아가는 것을 '정'(靜, 고요함)이라 하고 천명을 회복하는 것을 '상'(常, 불변)이라 합니다. 끝과 처음이 조화로우면서도 그 조화의 흔적을 알 수 없는 것, 이것이 바로 '도'(道)입니다. 그러므로 『중용』에서 '귀신의 덕은 성대하구나!'라고 말한 것입니다."

박생이 또 물었다.

"일찍이 불교도에게 들으니 하늘에는 '천당'이라 부르는 즐거운 곳이 있고 땅속에는 '지옥'이라 부르는 고통스러운 곳이 있으며, 명부(冥府)에는 시왕(十王)[142]을 배치하여 십팔 층 지옥의 죄인들을 국문한다고 합니다. 정말 그렇습니까? 또한 사람이 죽은 지 일곱 날이 지나면 부처님께 공양을 드리면서 재(齋)를 올려 그 혼을 잘 보내고, 또한 대왕께 제사를 드리며 종이돈을 불살라서 죽은 사람의 죄를 면하게 해준다고 합니다. 왕께서는 간악하고 포악한 사람들을 너그러이 용서해주시는지요?"

왕은 무척 놀라면서 말했다.

"나는 전혀 들어본 적 없는 말입니다. 옛사람이 말씀하기를, '한 번 음이 되고 한 번 양이 되는 것을 도(道)라 하고, 한 번 열리고 한 번 닫히는 것을 변(變)이라 하며, 낳고 낳은 것을 역(易)이라 하고, 거짓이 없는 것을 성(誠)이라 한다'라고 했습니다. 무릇 이치가 이와 같은데, 어

---

142 저승에 있다고 하는 10대왕(十大王)을 말한다. 지옥에서 망자(亡者)들이 지은 죄의 경중을 정하는 열 명의 임금으로, 진광왕(秦廣王), 초강왕(初江王), 송제왕(宋帝王), 오관왕(俉官王), 염라왕(閻羅王), 변성왕(變成王), 태산왕(泰山王), 평등왕(平等王), 도시왕(都市王), 오도전륜왕(五道轉輪王)이다. '十王'은 불교에서 관용적으로 '시왕'이라고 읽는다.

찌 이 건곤(乾坤)¹⁴³ 밖에 다시 건곤이 있을 것이며, 천지(天地) 밖에 또 천지가 있겠소?

'왕'(王)은 만백성이 의지하는 이름입니다. 하(夏)·은(殷)·주(周) 삼대 (三代) 이전에는 수많은 백성의 군주를 모두 '왕'이라고 불렀습니다. 다른 이름으로 부른 적이 없었지요. 공자께서 『춘추』(春秋)를 편찬할 때 앞으로 모든 왕조가 바꿀 수 없는 큰 법도를 세워서, 주나라 왕실 을 높여 천왕(天王)이라 했습니다. 왕이라는 이름에 다른 존칭을 덧붙 이지 않았단 뜻입니다. 진(秦)나라 때에 이르면 다른 여섯 나라¹⁴⁴를 멸 망시켜 천하를 하나로 통일하고 나서, 스스로 자신의 덕이 고대의 삼 황(三皇)과 같으며 공적은 오제(五帝)보다 높다 여기고 왕의 칭호를 '황 제'(皇帝)로 바꾸었습니다.

이 당시에는 법도에 어긋나게도 왕을 자칭하는 자들이 많았습니 다. 예를 들어 위(魏)나라나 초나라의 군주 같은 사람들입니다. 그 뒤 로 왕이라는 이름과 명분이 어지러워져서, 문왕(文王), 무왕(武王), 성왕 (成王), 강왕(康王)의 존호(尊號)는 땅에 떨어졌습니다. 또한 세상 사람들 이 무식하여 인정 때문에 서로 법도에 어긋난 짓을 한 사례는 이루 말 할 수 없을 정도입니다. 그렇지만 신(神)의 도리에 있어서는 지엄함을 숭상하니, 어찌 한 지역 안에서 왕이라는 자들이 이다지도 많을 수 있 단 말입니까? 선비께서도 '하늘에는 두 개의 해가 없고 나라에는 두 명의 왕이 없다'라는 말씀을 들으셨겠지요? 그러니 불교도들이 하는

---

143 하늘과 땅을 아울러 이르는 말

144 전국시대 때 각지에 할거(割據)한 제후(諸侯) 중에서 진을 제외한 여섯 나, 곧 초(楚), 연 (燕), 제(齊), 한(韓), 위(魏), 조(趙)를 말한다. 여기서는 중원을 처음으로 통일한 진시황(秦 始皇)에 대해 말하고 있다.

말은 믿을 것이 못 됩니다. 재(齋)을 올리고 영혼을 천도하면서 왕에게 제사를 지내느라 종이돈을 태우는데, 그런 일을 왜 하는지 나는 모르겠소이다. 선비께서 인간 세상의 왜곡되고 거짓된 행태를 자세히 이야기해주면 좋겠군요."

박생은 자리에서 물러나 옷매무새를 단정하게 바로잡은 뒤 자신의 생각을 말했다.

"인간 세상에서는 부모님이 돌아가신 지 49일이 되면 지체가 높은 사람이든 낮은 사람이든 상례(喪禮)와 장례(葬禮)의 예를 돌아보지 않고 오로지 재를 올리는 것에만 힘씁니다. 부자들은 과도하게 경비를 쓰면서 남들에게 자랑합니다. 가난한 사람들은 밭과 집을 팔기도 하고 심지어 돈과 곡식을 빌리기도 합니다. 그렇게 장만한 종이를 예쁘게 오려서 깃발을 만들고, 비단을 오려서 꽃을 만들고, 여러 스님들을 불러서 복전(福田)[145]을 만들고, 흙으로 조각상을 만들고 자신들을 인도하는 스승으로 삼아 범패[146]를 읊습니다. 그렇지만 새가 울고 쥐가 찍찍거리듯 하면서도 무슨 뜻인지조차 모르고 있습니다. 상주가 된 사람은 아내와 아이들을 데리고 친척과 벗들을 불러 모읍니다. 그 결과 남자와 여자가 뒤섞이고 대변과 소변이 낭자하니, 깨끗한 땅은 더러운 곳이 되고 고요한 도량은 시끄러운 저잣거리로 변합니다. 또한 시왕을 모셔놓고 음식을 차려서 제사를 올리고 종이돈을 불태우며 죄

---

145 부처나 승려들에게 공양하는 것을 말한다. 논밭이 곡물을 자라게 하고 곡식을 거두어들이게 하는 것과 마찬가지로, 부처와 보살, 승려에게 공양하고 그들을 존숭하면 복덕(福德)의 열매를 얻게 되므로 복밭[福田]이라고 한다. 여기서는 승려들에게 공양해서 나중에 자신이나 후손이 복을 받게 되는 밭을 만든다는 의미다.

146 절에서 재를 올릴 때 부르는 노래

를 면해보려 하는데, 시왕이라는 분들이 예의를 돌아보지 않고 멋대로 탐하여 함부로 이런 것들을 받겠습니까? 아니면 당연히 그 법도를 살펴서 법을 따라 벌을 무겁게 내리겠습니까? 차마 말로 표현할 수 없는 내용이지만 제가 너무 화가 나서 감히 아뢰지 않을 수 없습니다. 청컨대 제게 말씀해주십시오."

왕이 말했다.

"아! 이 지경에 이르렀군요. 사람이 태어날 때 하늘은 천성을 부여하고, 땅은 생명으로 길러주고, 임금은 법으로 다스리고, 스승은 도(道)로 가르치고, 부모님은 은혜로움으로 길러주십니다. 이 때문에 다섯 가지 법도인 오륜(五倫)에는 차례가 있고 삼강(三綱)은 어지러워지지 않습니다. 이러한 법도를 따르면 상서로울 테지만 어기면 재앙이 옵니다. 상서로움과 재앙 중 무엇을 받을지는 사람에게 달려 있습니다.

사람이 죽으면 정기(精氣)는 이미 흩어지고 백(魄)은 하늘로 올라가고 혼(魂)은 땅으로 내려가 근원으로 돌아갑니다. 어찌 어두운 저승에 다시 머무를 일이 있겠습니까? 또한 원망하는 혼령, 갑자기 죽거나 일찍 죽은 혼령은 제대로 죽음을 맞이하지 못해서 자신의 기(氣)를 온전히 펴지 못했기 때문에, 전쟁터인 누런 모래밭에서 슬피 울기도 하고, 목숨을 잃은 원한 맺힌 집에서 처량하게 흐느끼기도 합니다. 그들은 간혹 무당에 의탁해서 자신의 사정을 알려보기도 하고 사람에 의탁해서 원망스러운 마음을 이야기하기도 합니다. 당시에 비록 정신이 완전히 흩어지지 않았더라도 필경은 아무런 조짐도 없는 상태로 돌아갈 것입니다. 어찌 저승에서 형체를 빌려 지옥의 벌을 받는 일이 있겠습니까? 이러한 것들은 사물을 연구하는 군자께서 마땅히 짐작하실 만한 일입니다.

부처님께 재를 올리고 시왕에게 제사를 지내는 일은 더욱 황당합니다. 또한 재(齋)라고 하는 것은 깨끗하다는 뜻이니, 깨끗하지 못한 것을 깨끗하게 만들어서 깨끗함에 이르는 것입니다. 부처란 청정(淸淨)함을 지칭하는 말이고 왕이란 존엄함을 부르는 것입니다. 수레를 요구하고 금을 요구한 왕들은 『춘추』에서 비판받았고, 금과 비단을 사용하는 의례는 한나라와 위나라 때 시작되었습니다. 어찌 청정한 신(神)이 인간 세상의 공양을 누릴 것이며, 존엄한 왕이 죄인들의 뇌물을 받을 것이며, 저승의 귀신이 인간 세상의 형벌을 좌지우지하겠습니까? 이 또한 이치를 궁구하는 선비께서 당연히 생각해야 마땅한 일입니다."

박생이 또 물었다.

"윤회(輪回)는 끝이 없기에, 이승에서 죽으면 저승에서 태어난다는 말의 의미를 들려주실 수 있습니까?"

왕이 말했다.

"정령(精靈)이 아직 흩어지지 않으면 윤회가 있는 것처럼 보입니다. 그렇지만 시간이 오래 흐르면 흩어져서 사라집니다."

박생이 말했다.

"왕께서는 무엇 때문에 이곳 타향에서 사시며 왕이 되셨습니까?"

왕이 대답했다.

"내가 인간 세상에 있을 때, 임금에게 충성을 다하고 힘을 내어 도적을 토벌하면서 이렇게 맹세했습니다. '죽어서는 마땅히 여귀(厲鬼)[147]가 되어 도적을 죽일 것이다.' 그렇게 남은 소원이 아직 끝나지 않았

147 제사를 받지 못하는 귀신

고 충성심이 여전했기 때문에, 이 험악한 곳에 의탁해서 임금 노릇을 하는 겁니다. 지금 이 땅에 살면서 나를 우러러보는 자들은 모두 전생에 부모 혹은 임금을 죽이거나 간악하고 흉악한 짓을 했습니다. 그들은 모두 이곳에 삶을 의탁하고 내 통제를 받으니, 장차 그릇된 마음을 바로잡으려는 것입니다. 그렇지만 정직하여 사사로움이 없는 사람이 아니면 하루도 이곳에서 임금 노릇을 할 수 없지요.

과인(寡人)이 들으니 그대는 정직하면서도 굳센 뜻을 지니고 있어서 세상에 자신을 굽히지 않는, 진실로 뛰어난 사람이라고 하더군요. 그렇지만 이 시대에 그대의 뜻을 한 번도 떨칠 기회를 얻지 못했으니, 이는 마치 형산(荊山)의 박옥(璞玉)[148]이 먼지 가득한 들판에 버려진 것 같으며 밝은 달이 깊은 못에 잠겨 있는 것과 같습니다. 훌륭한 장인(匠人)을 만나지 못한다면 지극한 보배를 누가 알아보겠습니까? 그러니 어찌 애석하지 않겠습니까? 나 역시 시절 운세가 다해서 장차 활과 칼을 버려야 할 때가 되었고, 그대 역시 운수가 이미 다해서 마땅히 다북쑥 우거진 땅에 묻혀야 할 신세입니다. 이 땅을 다스려야 할 사람으로 그대가 아니라면 누구겠소이까?”

그러고는 잔치를 열어 즐거움을 한껏 누렸다.

왕이 박생에게 삼한(三韓)이 일어나고 망한 자취를 묻자 박생은 일일이 대답했다. 이야기가 고려 건국에 이르렀을 때 왕은 두 번 세 번 탄식하고 슬퍼하면서 말했다.

“나라를 다스리는 자는 폭력으로 백성을 겁박하면 안 됩니다. 백성

---

148 형산은 질 좋은 옥이 생산되는 곳으로 유명하다. 춘추시대 초나라 사람 변화(卞和)가 형산에서 옥덩이를 얻었는데, 이것을 알아보지 못한 왕 때문에 고초를 겪었다.

이 비록 놀라고 두려워하여 따르는 것 같지만 사실은 반역의 마음을 품게 됩니다. 날이 가고 달이 가서 세월이 흐르면 얼음이 단단하게 얼 징조와 같은 재앙[149]이 일어날 겁니다. 덕이 있는 사람은 폭력으로 왕 위에 오르지 않습니다. 하늘이 비록 간곡하게 말하지는 않는다 해도, 수많은 일을 통해서 보여줍니다. 상제(上帝)의 명은 처음부터 끝까지 지엄합니다. 무릇 나라는 백성의 것이며 명령은 하늘이 내리는 법입 니다. 천명(天命)이 떠나가면 백성의 마음도 떠나가기 마련이니, 비록 자신의 몸을 보존하고 싶어도 장차 어떻게 할 수 있겠소?"

박생이 이번에는 이단의 도를 숭상하다가 재앙을 만난 역대 제왕 들의 이야기를 꺼내자 왕은 곧 이마를 찌푸리며 말했다.

"백성이 칭송하더라도 수재와 가뭄이 닥치는 것은, 임금이 스스로 경계하고 근신하도록 하기 위한 하늘의 경고입니다. 백성의 원망이 자자한데도 상서로운 일이 나타나는 이유는, 요괴가 임금에게 아첨해 서 더욱 교만하고 방종하도록 만들려고 하기 때문입니다. 또한 역대 제왕들에게 상서로운 일이 나타나는 때라면 백성은 편안한 시절이겠 습니까, 원망의 마음을 부르짖는 시절이겠습니까?"

이에 박생이 말했다.

"간신들이 벌 떼처럼 일어나 큰 난리가 자주 벌어지는데도, 임금이 백성을 위협하면서 그것을 좋은 일이라 여기고 명예를 낚시질한다면, 어찌 평안하다 하겠습니까?"

왕이 한참을 묵묵히 있다가 탄식하면서 말했다.

---

149 얼음이 단단하게 언다는 것[견빙(堅氷)]은 어떤 일의 징후가 보이면 머지않아 큰일이 일어 남을 의미한다. 『주역』의 「곤괘」(坤卦)에 있는 "서리를 밟게 되면 곧 얼음 얼 때가 닥쳐온 다"[履霜堅氷至]라는 말에서 빌려온 표현이다.

"그대의 말씀이 옳습니다."

잔치를 마치자 왕은 박생에게 왕위를 넘겨주려고 손수 다음과 같은 글을 지었다.

염부주 지역은 실로 남방의 온갖 풍토병이 가득한 땅이고, 우(禹) 임금의 자취가 이르지 않는 곳이며 목왕(穆王)의 말발굽도 다 밟아본 적이 없는 곳이다. 붉은 구름은 해를 덮고 독을 머금은 안개는 하늘을 막았다. 목이 마르면 뜨겁게 타오르며 출렁거리는 구리물을 마셔야 하고, 배가 고프면 시뻘겋게 달아오른 쇳덩이를 먹어야 한다. 야차(夜叉)나 나찰(羅刹)이 아니면 발을 디딜 수 없고 도깨비와 귀신이 아니면 기운을 펼 수 없다. 불의 성은 천 리에 뻗어 있고 쇠로 된 산은 만 겹으로 펼쳐져 있다. 백성의 풍속은 강퍅하고 드세면서도 정직하지 않으니 그들의 간사함을 구별할 길이 없고, 땅의 형세는 굴곡이 심해서 신의 위엄이 아니면 교화를 펼칠 수 없다.

아! 동국에서 온 아무개는 정직하여 사사로움이 없고 뜻이 굳세어 과단성이 있으며, 아름다움을 마음에 간직하여 포용하는 자질이 있다. 어리석은 사람을 깨우치는 재주도 지녔다. 살아 있을 때는 비록 이름을 세상에 떨치며 영화를 누리지 못했으나 다음 생에서는 기강(紀綱)을 세울 수 있으리라. 만백성이 영원히 의지할 이가 그대 아니면 누구겠는가? 마땅히 덕으로 이끌고 예로 가지런히 해서, 백성을 지극한 선(善)에 들게 하라. 몸소 실천하고 마음으로 깨달아서, 바라건대 태평성대가 세상에 도래하게 하라. 하늘을 본받아 영원한 법도를 세우고, 요임금이 순임금에게 왕위를 넘겼던 일을 본받아 나는 그대에게 왕위를 양위하나니, 아! 그대는 공경히 받으라.

박생은 왕위를 양보하는 선위(禪位) 조서(詔書)를 받들고 예법에 맞추어 일어나서 두 번 절한 뒤 밖으로 나왔다. 왕은 다시 백성에게 칙령(勅令)을 내려서 축하했고, 태자(太子)의 예로 그를 전송했다. 그러고는 박생에게 명을 내렸다.

"오래지 않아 마땅히 이곳으로 돌아올 것이오. 수고스럽지만 이번에 가면 나와 대화했던 내용을 인간 세계에 널리 전파해서 황당한 말들을 완전히 없애주시오."

박생이 두 번 절하고 감사 인사를 올리며 말했다.

"어찌 감히 만분의 일이라도 그 뜻을 널리 알리지 않겠습니까?"

박생은 문을 나섰다. 그런데 수레 끄는 사람이 발을 헛디뎌 수레가 뒤집어졌고, 그 바람에 박생은 땅에 넘어졌다. 깜짝 놀라서 깨어 보니 한바탕 꿈이었다. 그는 눈을 뜨고 주위를 두리번거렸다. 책들은 상에 널브러져 있었고 등불은 가물거렸다.

박생은 감격스러우면서도 의아해하며 한참을 말없이 있었다. 이윽고 장차 죽으리라는 것을 깨닫자 이후에는 날마다 집안일 정리에 전념했다. 몇 달 뒤 병을 얻었는데, 그는 필시 일어나지 못하리라 짐작하고는 의원이나 무당을 거절하고 세상을 떠났다.

그가 세상을 떠나려던 날 저녁, 이웃 사람의 꿈에 신인(神人)이 나타나서 "너희 이웃집 아무개 공께서는 장차 염라대왕이 되실 것이다"라고 알려주었다고 한다.

용궁 잔치에 다녀온 이야기

— 용궁부연록(龍宮赴宴錄)

〈신중도〉(두훈, 18세기). 불법(佛法)을 수호하는 여러 신들을 그린 그림이다. 가운데에
있는 수염이 구불구불하게 난 인물이 용왕이다(ⓒ 국립중앙박물관).

송도에는 천마산(天磨山)[150]이 있다. 그 산은 공중에 높이 솟아 깎아지를 듯 빼어났기 때문에 '천마'(天磨)라는 이름이 붙었다. 산속에 용추(龍湫)[151]가 있으니, '박연'(朴淵)이라고 한다. 못이 좁고 깊어서 몇 길이나 되는지 알 수 없으며, 거기서 물이 흘러넘쳐 폭포가 되었는데, 높이는 백여 길이나 된다. 물이 맑고 경관이 빼어나다 보니 유람하는 스님들이나 나그네들은 반드시 이곳에서 노닐며 구경했다. 오래전부터 신이하고 신령스러운 일들이 드러나서 여러 기록에 두루 수록되어 있다. 그러므로 나라에서는 때마다 소를 잡아 제사를 지냈다.

고려 때 한생(韓生)이라는 사람이 살았다. 어려서부터 글재주가 뛰어나 조정에까지 이름이 알려졌으며 문사(文士)[152]로 칭송받았다.

---

150 개성의 송악산(松岳山) 북쪽에 있는 산이다. 『동국여지승람』에 이런 기록이 있다. "천마산은 송악산 북쪽에 있는데, 여러 봉우리가 하늘로 높이 솟아 멀리 바라보면 푸른 기운이 엉겼기 때문에 천마(天磨)라 부른다."

151 폭포가 떨어지는 곳에 형성된 깊은 웅덩이로, 용이 살 만큼 깊다는 뜻이다.

152 문학에 뛰어나고 시문을 잘 짓는 사람

어느 날 저물 무렵이었다. 한생은 자기 방에서 편안히 앉아 있었다. 그런데 홀연 푸른 적삼을 입고 두건을 쓴 낭관(郎官)¹⁵³ 두 사람이 공중에서 내려와 뜰에 엎드리더니 이렇게 말했다.

"박연에 계신 용왕¹⁵⁴께서 모셔 오라고 하셨습니다."

한생이 깜짝 놀라 얼굴빛을 바꾸며 말했다.

"신과 인간은 길이 다른데 어찌 서로 간섭할 수 있겠습니까? 게다가 수부(水府)¹⁵⁵는 넓고 아득한 곳으로, 물결이 사나우니 어찌 무사히 갈 수 있겠습니까?"

두 사람이 말했다.

"준마(駿馬)를 문밖에 대기시켰습니다. 부디 사양하지 마십시오."

마침내 그들은 몸을 굽혀 한생의 소매를 잡아끌고 문밖으로 나갔는데, 그곳에는 과연 천리마 한 마리가 있었다. 금 안장과 옥으로 만든 굴레에 노란 비단 띠를 둘렀으며 날개가 달려 있었다. 십여 명의 하인들은 모두 붉은 수건으로 이마를 싸맸고 비단 바지를 입었다. 그들은 한생을 부축해서 말에 태우더니 깃발과 일산을 앞세워 길을 인도했다. 기녀들과 악공들이 뒤를 따랐다. 두 낭관도 홀(笏)을 잡고 따라왔다. 말은 공중으로 날아올랐는데, 발치에 안개와 구름이 자욱할 뿐, 아래쪽의 땅은 보이지 않았다.

일행은 눈 깜짝할 사이에 궁궐 문에 이르렀다. 문지기들이 창을 든 채 삼엄하게 경계하고 있었는데, 모두 눈자위가 한 치나 되었고, 민물

---

153 조선시대 정오품 통덕랑 이하의 당하관을 통틀어 이르던 말
154 원문에서는 신룡(神龍), 신왕(神王) 등으로 지칭되지만, 박연폭포 아래 깊은 못에 사는 용왕을 가리키기 때문에 여기서는 '용왕'이라고 통일했다.
155 물을 맡아 다스린다는 신의 궁전

방게와 자라의 등딱지로 만든 갑옷을 입고 있었다. 그들은 말에서 내린 한생에게 머리를 조아리며 절한 다음 의자를 펼쳐놓고 잠시 쉬기를 권했다. 이미 알고 기다린 듯했다.

두 낭관이 종종걸음으로 들어가서 한생이 도착한 사실을 알리자 잠시 후 푸른 옷을 입은 동자 두 사람이 나와서 손을 마주 잡고 인사한 뒤 그를 안으로 안내했다. 한생은 천천히 걸으며 궁궐 문을 쳐다보았는데, 현판에 '함인지문'(含仁之門)[156]이라고 적혀 있었다. 한생이 문을 들어서자마자 절운관(切雲冠)[157]을 높이 쓰고 허리에 검을 차고 손에는 홀을 쥔 용왕이 아래로 내려와 맞이했다. 그는 한생을 데리고 계단을 올라가 전각에 이르더니 앉으라고 권했는데, 그곳은 바로 수정궁(水晶宮)의 백옥상(白玉床)이었다.

한생이 엎드려서 굳이 사양하며 말했다.

"인간 세상의 어리석은 사람은 초목과 함께 썩어가는 것을 달갑게 여기는 처지이온데, 어찌 신령스러운 위엄을 더럽히고 외람되이 융숭한 대접을 받을 수 있겠습니까?"

용왕이 말했다.

"아름다운 이름을 들은 지 오래되었는데, 선생의 높은 얼굴을 이제야 뵙는군요. 의아하게 생각하지 마십시오."

그러고는 손을 젓고 읍하면서 앉기를 청했다. 한생은 세 번 사양한 뒤 백옥상에 올랐다. 용왕은 남쪽을 향하면서 칠보화상(七寶華床)에 걸

---

156 '인(仁)을 머금은 문'이라는 뜻으로, 인이 동쪽을 의미하기 때문에 동쪽 문에 주로 붙이는 이름이다.

157 머리에 쓰는 높은 관(冠)의 이름으로 굴원의 『초사』(楚辭)에 나온다.

터앉았고, 한생은 서쪽을 향해 앉으려 했다. 아직 자리를 정하지 못하고 있을 때 문지기가 와서 말을 전했다.

"손님이 도착하셨습니다."

왕이 다시 문으로 나가 손님들을 맞아들였다. 한생이 살펴보니 세 사람이었다. 붉은 도포를 입은 그들은 여러 색으로 화려하게 칠한 수레를 타고 있었는데, 위엄 있는 태도와 곁에 시종들을 거느린 모습이 마치 왕의 행차처럼 삼엄해 보였다. 용왕은 그들도 전각 위로 안내했다. 한생은 창문 아래로 비켜서 있었다. 그들이 앉기를 기다렸다가 인사를 청할 생각이었다.

용왕은 동쪽을 향해 앉도록 세 사람에게 권한 뒤 말했다.

"마침 인간 세상에서 문사(文士)를 모셨습니다. 여러분께서는 의아하게 여기지 마십시오."

그는 옆에 있던 사람들에게 명하여 한생을 데려왔다. 한생은 종종걸음으로 나아가 예법에 맞춰서 절했다. 인사를 받은 사람들도 모두 머리를 숙이고 답례로 절을 했다.

한생은 자리를 양보하면서 말했다.

"존귀한 신들께서는 귀중한 몸이지만 저는 일개 한미한 유생이니, 어찌 감히 높은 자리를 감당하겠습니까?"

그가 굳이 사양하자 여러 사람이 말했다.

"우리는 그대와 음양(陰陽)의 길이 달라서 서로 통제하거나 간섭할 일이 없습니다. 용왕님께서는 위엄이 있으신 데다 사람을 알아보는 눈 또한 밝으시니, 그대는 필시 인간들 중에서도 문장에 뛰어난 분일 겁니다. 용왕님께서 그리 명하시니 청컨대 거절하지 마십시오."

용왕이 말했다.

"자, 앉으십시다."

이에 세 사람이 일시에 자리에 앉았지만, 한생은 황송해하며 몸을 굽혀 올라가 가장자리에 꿇어앉았다. 그러자 용왕이 권했다.

"편히 앉으세요."

다들 좌정(坐定)하고 차를 한 잔씩 돌린 뒤에 용왕이 말했다.

"과인에게는 딸만 하나 있습니다. 이미 성인식을 치르긴 했습니다만, 장차 시집을 보내려 해도 사는 곳이 궁벽지고 누추하다 보니, 사위를 맞을 집도 없고 화촉을 밝힐 만한 방도 없습니다. 이제 따로 집한 채를 지어서 '가회각'(佳會閣)이라 이름 붙이려고 합니다. 목수를 비롯한 기술자들을 이미 모았고 목재와 석재 역시 구비해두었습니다. 딱 하나 모자라는 것은 상량문입니다. 소문을 들으니 수재(秀才)[158]의 이름은 삼한(三韓)에 알려졌고 재주는 모든 사람 중에서 으뜸이라고 하더군요. 그래서 특별히 머나먼 이곳까지 초청했으니, 과인을 위해 상량문을 지어주십시오."

말이 채 끝나기도 전에 아이 두 명이 나타났다. 한 아이는 벽옥(碧玉)으로 만든 벼루와 상강(湘江) 가에서 자라는 대나무로 만든 붓대를 받들고 있었다. 다른 아이는 얼음같이 깨끗한 비단을 한 길이나 되게 준비해왔다. 둘은 한생 앞에 꿇어앉아 자기들이 들고 온 것을 바쳤다. 한생이 고개를 숙이고 엎드렸다가 일어나서 붓에 먹을 듬뿍 찍어 글을 완성하니, 그 필치가 마치 안개와 구름이 서로 얽히는 듯했다. 상량문의 내용은 다음과 같다.

---

158 재주가 뛰어난 사람이라는 뜻으로 한생을 지칭한다.

생각건대 천지 안에서는 용왕님께서 가장 신령스럽고, 인간 세상에 서는 배필이 지극히 중요합니다. 용왕님께서는 이미 만물을 윤택하게 만든 공이 있으니, 어찌 복을 받을 터전이 없겠습니까? 이 때문에 『시경』의 "관저"(關雎)에서 "덕이 아름다운 여자는 군자의 좋은 짝"[窈窕淑女 君子好逑]이라고 한 것은 남녀가 만물이 변화하는 시작임을 나타내며, 『주역(周易)』의 「건괘」(乾卦)에서 "나는 용이 하늘에 있으니 대인을 만나기 좋다"[飛龍在天 利見大人]라고 한 것 역시 신령스러운 변화의 자취를 형상화한 것입니다.

이에 새로 아방궁(阿房宮)을 짓고 성대한 이름을 밝게 걸어놓으시니, 이무기와 자라를 불러 힘을 내게 하고, 보배[159]를 모아 재목으로 삼고, 수정과 산호로 기둥을 세우고, 용의 뼈와 단단한 옥[160]으로 된 들보를 걸으셨습니다. 주렴을 걷으면 산 아지랑이가 푸르고, 아름다운 문을 열면 골짜기 구름이 두르고 있습니다. 집안이 화목하여 무궁한 복을 만년토록 누릴 것이고, 부부간에 금슬이 좋아 자손은 억대(億代)에 이르도록 번성할 것입니다. 풍운(風雲)의 변화를 바탕으로 삼아 영원히 조화의 공을 도우리니, 하늘에 있을 때나 못 안에 있을 때나 백성의 갈망을 소생시킬 것이며, 잠겨 있을 때나 뛰어오를 때나 상제(上帝)의 어진 마음을 도울 것입니다. 날아올라 천지에 즐거워할 것이고, 위엄과 덕은 먼 곳이든 가까운 곳이든 넉넉할 것입니다. 검은 거북과 붉은 잉어는 기뻐서 뛰어오르며 칭송할 것이고, 나무귀신과 산도깨비도 차례대로 와서 축하할 것입니다. 마땅히 짧은

---

159 원문의 "보패"(寶貝)는 '보배'의 원말이다.
160 원문의 "낭간"(琅玕)은 중국에서 나는 경옥(硬玉)의 하나로 장식에 많이 쓴다.

노래를 지어서 아름다운 들보에 걸어두렵니다.

동쪽으로 들보를 올리니,

붉고 푸른 봉우리는 푸른 하늘을 버티네.

간밤 우렛소리 떠들썩하게 계곡을 감싸더니

만 길[丈] 되는 푸른 절벽에 구슬이 영롱하다.

서쪽으로 들보를 올리니,

굽이굽이 바윗길에 산새가 운다.

맑디맑고 깊은 용추 몇 길이런가?

넘실대는 봄물은 유리처럼 맑구나.

남쪽으로 들보를 올리니,

십 리에 펼쳐진 소나무와 삼나무 숲에 푸른 안개 비껴 있다.

크고 웅장한 저 신궁(神宮)을 그 누가 알랴?

푸른 유리 아래 그림자 서로 잠겨 있네.

북쪽으로 들보를 올리니,

새벽 해 막 떠오를 때 용추는 맑고 푸르러라.

삼백 길 흰 비단이 허공에 가로지르니

천상에서 은하수가 떨어지는 듯.

위쪽으로 들보를 올리니,

손으로는 흰 무지개 어루만지며 아득한 하늘에서 노닌다.

발해(渤海)와 부상(扶桑)[161] 천만 리나 되지만

인간 세상 돌아보니 손바닥 같구나.

아래쪽으로 들보를 올리니,

안타까워라, 봄날 밭두둑에 아지랑이 아른거리네.

원컨대 한 방울 신령스러운 물을 얻어

사해(四海)에 단비를 뿌려주었으면.

엎드려 바라옵나이다. 이 집을 다 지은 뒤 합근(合졸)[162]을 한 새벽에 만복이 찾아오고 모든 상서로움이 이르게 하소서. 아름다운 옥으로 만든 궁전에 상서로운 구름이 서려 있고 원앙금침에는 즐거운 소리가 들끓어서, 그 덕을 드러내고 신령스러움을 빛나게 하소서.

　한생은 다 쓴 글을 용왕에게 바쳤다. 크게 기뻐한 용왕은 즉시 세신(神)에게 그것을 주어서 읽게 했다. 그들도 탄복하며 떠들썩하게 칭찬했다. 그러자 용왕은 윤필연(潤筆宴)[163]을 열어주었다.

　한생이 꿇어앉아 말했다.

　"높으신 신격(神格)들께서 모두 모이셨으나 감히 존함을 여쭙지 못했습니다."

　용왕이 말했다.

161　중국 전설에서 해가 뜨는 동쪽 바닷속에 있다고 하는 상상의 나무 또는 그 나무가 있는 곳

162　신랑과 신부가 잔을 주고받는 것, 즉 혼인식을 치렀다는 의미다.

163　글씨를 써주거나 그림을 그려준 사람에게 감사를 전하려고 여는 잔치

"수재는 인간 세상 사람이라 당연히 모를 것이오. 첫 번째 분은 조강신(祖江神)[164]이고, 두 번째 분은 낙하신(洛河神)[165]이며, 세 번째 분은 벽란신(碧瀾神)[166]입니다. 내가 수재를 모시고 더불어 즐기고 싶어서 이분들을 초대했습니다."

자리에 술상이 차려지고 음악이 연주되자 머리에 아름다운 꽃 장식을 꽂은 어여쁜 여인 십여 명이 등장했다. 그들은 푸른 소매를 흔들면서 앞뒤로 오가며 춤을 추고 〈벽담곡〉(碧潭曲)을 노래했다. 가사는 다음과 같다.

청산은 푸르디푸르며

푸른 용추는 넓고 깊어라.

날아가는 듯한 계곡물은 끝없이 흘러

천상의 은하수에 닿을 듯.

저 물 한가운데 계신 그대

패옥을 떨치니 그 소리 쟁쟁하다.

위엄은 빛나고 황홀하니

굳센 도량과 풍모는 훤칠하여라.

길일을 택하니 좋은 날이라

---

164 조강은 한강(漢江)과 임진강(臨津江)이 통진(通津) 북쪽에 이르러 합쳐진 강을 말하는데, 이곳을 관장하는 신이다.

165 낙하는 임진강(臨津江)의 속칭으로, 임진강을 관장하는 신이다.

166 벽란은 예성강(禮成江) 하류의 나루터인 벽란도(碧瀾渡)를 말한다. 개성에서 연안과 해주 방면으로 가는 배는 대부분 이곳을 경유할 만큼 중요한 나루터였으며, 고려가 외부와 소통하는 중심지 역할을 했다. 벽란신은 벽란도를 관장하는 신이다.

쟁쟁하게 우는 봉황새를 점쳤어라.

멋진 집은 날개를 펼쳐 날아갈 듯

상서롭고도 신령스럽구나.

문사를 초청하여 짧은 글 지으니

성대한 교화 노래하며 들보 올린다.

향기로운 술 부어 멋진 술잔 주고받으며

가벼운 제비와 함께 봄볕을 밟는다.

수구(獸口)[167]에선 상서로운 향 뿜어내고

시복(豕腹)[168]에서 맛있는 음료 끓는다.

어고(魚鼓)[169] 치면서 부드럽게 걷고

용적(龍笛)[170] 불면서 춤추며 간다.

신들께서는 의젓이 걸상에 계시니

지극한 덕 우러러 잊을 수 없네.

靑山兮蒼蒼 碧潭兮汪汪

飛澗兮泱泱 接天上之銀潢

若有人兮波中央 振環佩兮琳琅

威炎赫兮惶惶 羌氣宇兮軒昂

擇吉日兮辰良 占鳳鳴之鏘鏘

有翼兮華堂 有祥兮靈長

---

167 짐승 모양으로 만든 향로
168 돼지 배처럼 불룩하게 만든 돌솥
169 목어(木魚)의 몸체에 가죽을 붙인 북
170 용머리를 장식한 피리

招文士兮製短章 歌盛化兮擧脩樑

酌桂酒兮飛羽觴 輕燕同兮踏春陽

獸口噴兮瑞香 豕腹沸兮瓊漿

擊魚鼓兮郎當 吹龍笛兮趨蹌

神儼然而在床 仰至德兮不可忘

　여인들의 춤이 끝나자 이번에는 총각 십여 명이 등장했는데, 왼손
에는 피리를, 오른손에는 새의 깃으로 만든 일산을 들고 있었다. 그들
은 돌기도 하고 서로 돌아보기도 하면서 〈회풍곡〉(回風曲)을 노래했다.
가사는 다음과 같다.

산기슭에 계신 저분은

벽려(薜荔)[171]를 헤치며 덩굴풀로 허리띠를 둘렀네.

날은 저물려는데 맑은 물결 일어

가는 무늬 생겨나니 비단 같아라.

바람 살랑살랑 불어오니 귀밑머리 늘어지고

구름 뭉게뭉게 피어나니 옷자락 너울너울.

빙빙 돌다가 여유 있게 걷고

아리땁게 웃으며 서로 지나간다.

내 홑옷은 흐느끼는 여울에 던져두고

내 반지는 찬 모래벌판에 벗어둔다.

뜰의 잔디는 이슬에 젖고

---

171 노박덩굴과의 상록 활엽 덩굴나무

높은 산은 안개 끼어 어둑하다.

들쭉날쭉 먼 봉우리 바라보니

저 강가의 푸른 소라 같아라.

가끔씩 징 치면서

비틀비틀 취해 춤을 춘다.

술은 강처럼 흘러넘치고

고기는 언덕처럼 쌓여 있다.

손님들은 이미 취해 얼굴이 불콰하고

새 노래 지으니 곡조에 빠져 있다.

서로 부축도 하고 서로 끌기도 하며,

서로 박수도 치고 서로 껄껄 웃기도 한다.

옥 술병 두드리며 남김없이 마셨으니

맑은 흥취 다하자 슬픈 마음 짙어진다.

若有人兮山之阿 披薜荔兮帶女蘿

日將暮兮淸波 生細紋兮如羅

風飄飄兮鬢鬖髿 雲冉冉兮衣婆娑

周旋兮委蛇 巧笑兮相過

捐余褋兮鳴渦 解余環兮寒沙

露浥兮庭莎 烟暝兮嶔崿

望遠峯之巉嵯 若江上之靑螺

疏擊兮銅鑼 醉舞兮傞傞

有酒兮如沱 有肉兮如坡

賓旣醉兮顔酡 製新曲兮酣歌

或相扶兮相拖 或相拍兮相呵

擊玉壺兮飮無何 淸興闌兮哀情多

춤이 끝나자 용왕은 기뻐서 손뼉 치며 술잔을 씻더니 거기에 술을 부어 한생 앞에 놓았다. 그러고는 자진해서 옥룡적(玉龍笛)[172]을 불고 수룡음(水龍吟)[173] 한 곡조를 노래함으로써 즐거운 감정을 고스란히 드러냈다. 가사는 다음과 같다.

음악 소리 가운데 술잔 전하니
서린로(瑞麟爐)[174] 입으로 푸른 용뇌향(龍腦香)[175] 피어오른다.
옥피리 비껴 부는 한 소리에
천상의 푸른 구름 모두 쓸어버린 듯.
격렬한 소리는 파도와 같고
변화무쌍한 곡조는 바람과 달 같아라.
풍경은 한가로운데 사람은 늙어가니
슬퍼라, 세월은 화살처럼 빠르다.
풍류로운 자리는 꿈과 같고
즐거운 놀이 또한 번뇌를 만든다.
서쪽 고갯마루에 아름다운 안개 막 흩어지자

---

172 옥으로 만든, 용의 소리를 내는 피리
173 가곡(歌曲)의 반주를 기악으로만 연주하는 음악으로, 용이 읊조리는 소리와 비슷하다고 해서 이런 이름이 붙었다.
174 상서로운 기린 모양의 향로
175 동인도 지역에서 자라는 용뇌수(龍腦樹) 줄기에서 채취한 것으로 만든 향인데, 여기서는 무척 귀한 향을 의미한다.

기뻐라, 동쪽 봉우리에 얼음 쟁반 같은 달 떠오르네.

술잔 들어 묻노니

푸른 하늘 밝은 달이여,

추한 모습 좋은 모습 몇 번이나 보았는가?

금 술통에 술은 가득한데

사람은 옥으로 된 산이 쓰러지는 듯

그 누가 밀어서 넘어뜨렸는가?

아름다운 손님을 위하여

십 년 동안 떨어져 있던 그리움 벗어버리고

장쾌하게 푸른 하늘로 오르노라.

管絃聲裡傳觴 瑞麟口噴靑龍腦

橫吹片玉一聲 天上碧雲如掃

響激波濤 曲翻風月

景閑人老 恨光陰似箭

風流若夢 歡娛又生煩惱

西嶺綵嵐初散 喜東峯永盤凝灝

擧盃爲問 靑天明月 幾看醜好

酒滿金罍 人頹玉岫 誰人推倒

爲佳賓 脫盡十載雲泥 壹鬱 快登蒼昊

노래를 마치자 용왕은 주위를 둘러보면서 말했다.

"그동안의 놀이는 인간 세상에서 하는 것과 다르지 않았다. 너희는 아름다운 손님을 위해 한바탕 솜씨를 발휘하도록 해라."

이에 한 사람이 발을 들어 옆으로 걸어 나오더니 자신을 곽개사(郭

介士)[176]라고 소개하면서 이렇게 말했다.

"저는 바위 속에 은거하는 선비요 모래 굴 속에 숨어 사는 자입니다. 팔월 맑은 바람이 불면 동해 바닷가에서 까끄라기[177]를 실어 나르기도 하고, 높은 하늘에 구름이 흩어지면 남정성(南井星)[178] 옆에서 빛을 머금기도 했습니다. 속은 노랗고 밖은 둥글며, 단단한 갑옷을 입고 예리한 무기를 지녔지요. 그래서 항상 손발이 잘린 채 솥으로 들어가며, 정수리를 갈아서 사람들을 이롭게 합니다. 맛과 풍류는 장사(壯士)의 얼굴을 기쁘게 하고 모양새와 분주히 움직이는 모습은 끝내 부인들의 웃음을 사곤 했습니다. 조(趙)나라의 왕윤(王倫)은 물속에서도 저를 미워하기는 했습니다만,[179] 전곤(錢昆)[180]은 항상 지방의 군수로 나가

---

176 '게'를 말한다. 곽색(郭索)의 곽(郭)으로 성(姓)을 삼고, 횡행개사(橫行介士)의 개사(介士)로 이름을 삼았다. 원래 곽색은 게가 움직이는 모양을 말하는 단어인데, 전한(前漢)의 유학자 양웅(揚雄)의 『태현경』(太玄經)에 "게가 기어서 간 뒤 지렁이가 누런 샘으로 들어온다"[蟹之郭索 後蚓黃泉]라고 했으며, 횡행개사(介士)는 부굉(傅肱)의 『해보』(蟹譜)에 나오는 말로, '옆으로 걷는 무사'라는 뜻이다.

177 원문에 "망"(芒)이라고 되어 있는데, 이는 게의 배 속에 있는 부채 모양 아가미를 지칭한다. 『유양잡조』(酉陽雜組)에 이런 구절이 있다. "8월이 되면 게는 배 속에 까끄라기가 생기는데, 벼의 까끄라기(벼, 보리 따위의 낟알 껍질에 붙은 깔끄러운 수염)와 같다. 길이는 한 치가량인데 동쪽을 향하고 있으며, 바다의 신에게 운반해준다. 까끄라기를 운반해주지 않으면 먹을 수 없다"[蟹八月 腹內有芒 芒眞稻芒也 長寸許向東 輸與海神 未輸芒 不可食].

178 남방에 있는 별 이름으로, 그 옆에 '커다란 게'를 뜻하는 거해성(巨蟹星)이 있어서 이렇게 표현했다.

179 왕윤은 해계(蟹系)란 사람과 묵은 감정이 있었다. 훗날 뒤에 왕윤이 해계의 형제를 잡자 양(梁)나라 왕동(王肜) 등이 해계를 구원하려 했는데, 왕윤은 "나는 물속에서도 게('게'를 뜻하는 한자 해(蟹)를 해계에 비유해서 쓴 말)를 보면 미워하는데, 하물며 이 사람 형제가 나를 경멸하고 있으랴"하고는 마침내 해계를 죽여버렸다는 고사가 있다.

180 원문에는 "전비"(錢毘)로 되어 있으나 이는 잘못 기록한 것으로 보인다. 전곤은 송나라 때 여항(餘杭) 사람으로, 평소에 게를 즐겼다. 한번은 지방으로 발령받기를 희망했는데, 사람들이 그 이유를 물으니 "게만 있고 통판(通判, 중국에서 지역의 정치를 감독하던 벼슬아치)이 없는 곳이면 좋겠다"라고 대답했다.

기를 생각할 정도였습니다. 죽어서는 필이부(畢吏部)[181]의 손에 들어갔고, 정신은 한진공(韓晉公)[182]의 붓에 의탁했습니다. 이렇게 놀이판을 만나 놀게 되었으니 다리를 흔들면서 춤이나 춰보겠습니다."

곽개사는 잔치 자리 앞으로 나오더니 갑옷을 입고 창을 들었다. 이윽고 거품을 뿜으면서 눈을 부릅뜨고 눈동자를 굴리고 다리를 흔들었다. 그렇게 비틀거리기도 하고 재빨리 가기도 하고, 앞으로 나아갔다가 뒤로 물러나기도 하면서 팔풍무(八風舞)를 추었다. 그 무리 수십 명이 함께 몸을 재빨리 돌리기도 하고 엎드리기도 하면서 동시에 절도를 지키며 춤췄다. 그리고 다음과 같은 노래를 지어서 불렀다.

> 강과 바다에 의지하며 구멍 속에 살지만
>
> 기세를 토해내면 범과도 다투노라.
>
> 몸은 구 척이라 공물(貢物)로 진상되고
>
> 종류는 열 가지라 이름도 많구나.
>
> 용왕님의 아름다운 모임을 기뻐해
>
> 발을 세게 구르며 옆으로 걸어가네.
>
> 연못 속에 잠겨 있는 걸 좋아해 홀로 살아가고
>
> 강 포구의 등불 빛에 놀란다.
>
> 은혜 갚는 것도 아닌데 울면서 구슬 바치고[183]

---

181 진나라 때의 이부상서(吏部尙書) 필탁(畢卓)을 말한다. 술을 좋아해서 관청의 술을 몰래 훔쳐 먹고 잠을 자다가 잡히기도 했다. 게를 즐겼던 필탁이 사람들에게 "한 손에는 게를, 다른 손에는 술잔을 잡고 한평생을 지낸다면 만족하겠노라"라고 한 이야기가 전한다.

182 당나라 때 화가 한황(韓滉)을 가리킨다. 그는 성품이 강직했으며, 인물 및 여러 동물을 잘 그려서 이름이 높았다. 특히 방게 그림을 잘 그렸다고 한다.

원수 갚는 것도 아닌데 창을 비껴들고 있네.

아! 호수(濠水) 다리 위의 대단하신 분들은

나를 창자 없는 무장공자(無腸公子)라 비웃지만,

군자에게 비교할 수 있나니

덕이 배에 가득해서 속은 노랗고

아름다움이 마음속에 있으니 다리에 모두 퍼져 있고

집게발에는 옥이 흐르며 향기 어려 있다오.

오늘 저녁은 어떤 저녁인가요?

아름다운 술 넘치는 요지연(瑤池宴)[184]에 왔다오.

용왕님은 머리 들어 노래 부르시고

손님들은 이미 취해 서성거리네.

황금 전각의 백옥상에서

큰 뿔잔 돌리고 음악 소리 울린다.

군산에서 울리던 세 악기[185]의 기이한 소리를 희롱하고

선계의 아홉 주발에 담긴 신이한 음료에 배부르다.

산 귀신들 뛰어서 날아오르고

물에 사는 족속들 펄떡펄떡 뛰어오른다.

---

183 '읍이출주'(泣而出珠)에서 나온 말로, 울면서 구슬을 낸다는 뜻이다. 인어가 사람의 마을로 와서 비단 장사를 하며 살았는데, 떠날 때 주인에게 은혜를 갚으려고 그릇을 가져오게 해서 울자 눈물이 떨어져 구슬이 되었다고 한다. 여기서는 거품을 토해내는 게의 모습을 표현한 말이다.

184 요지(瑤池)는 곤륜산에 있다고 알려진 못으로 신선이 살았다고 한다.

185 군산(君山)은 동정호 가에 있는 섬인데, 순임금의 두 부인인 아황과 여영이 묻힌 곳이다. 여기서는 신선들의 섬을 의미하며, 그곳에서 울리던 세 가지 악기는 생(笙), 저(笛), 필률(觱篥)을 말한다.

모두 있어야 할 자리에 있으니[186]

아름다운 임 생각하며 잊을 수 없도다.

依江海以穴處兮 吐氣宇而虎爭

身九尺而入貢 類十種而多名

喜神王之嘉會 羌頓足而橫行

愛淵潛以獨處 驚江浦之燈光

匪酬恩而泣珠 非報仇而橫槍

嗟濠梁之巨族 笑我謂我無腸

然可比於君子 德充腹而內黃

美在中而暢四支兮 螯流玉而凝香

羌今夕兮何夕 赴瑤池之霞觴

神矯首而載歌 賓旣醉而彷徨

黃金殿兮白玉床 傳巨觥兮咽絲簧

弄君山三管之奇聲 飽仙府九盌之神漿

山鬼趠兮翺翔 水族跳兮騰驤

山有榛兮濕有苓 懷美人兮不能忘

이에 왼쪽으로 돌다가 오른쪽으로 방향을 바꾸기도 하고 뒷걸음질하다가 앞으로 달려가기도 하니, 자리를 가득 채운 사람들이 모두 데굴데굴 구르며 웃었다.

---

186 이 구절의 원문은 "산유진혜습유령"(山有榛兮濕有苓)인데, 원래 『시경』의 「패풍」(邶風) "간혜"(簡兮)장에 나오는 말이다. "산에는 개암 있고, 들에는 씀바귀 있다"라는 뜻인데, '모든 생물이 각기 제자리를 얻음', 혹은 '성인이 그 지위에 있음'을 의미한다.

곽개사 무리의 놀이가 끝나자 현선생(玄先生)[187]이라 자칭하는 자가 나섰다. 그는 꼬리를 끌며 목을 빼고 기운을 뿜어내다가 눈을 부릅뜨면서 앞으로 나와 말했다.

"저는 시초(蓍草)[188] 떨기 안에 숨어 사는 자이며 연잎 위에서 노니는 사람입니다. 낙수(洛水)에서는 글을 등에 지고 나와서 이미 신령스러운 우왕의 공적을 드러냈으며,[189] 맑은 강에서 그물에 잡혀 일찍이 송나라 원군(元君)의 책략을 드러낸 바 있습니다.[190] 배를 갈라서 사람을 이롭게 하더라도 껍질을 벗기는 건 견디기 어렵습니다. 두공(斗栱)에 산을 새기고 동자기둥에 마름을 그렸으니 껍질은 장공(臧公)의 진귀함을 받았습니다.[191] 돌 같은 창자와 검은 갑옷을 입었으니 가슴으로는 장사(壯士)의 기운을 토해냅니다. 노오(盧敖)는 바다 위에서 저를 걸터앉았고[192] 모보(毛寶)는 강 한가운데에서 저를 놓아주었습니다.[193] 살

---

187 거북을 말한다. '현부'(玄夫)라 칭하므로 이렇게 이름 붙인 것이다.

188 톱풀. 천 년을 산다고 하는 풀로, 점을 칠 때 쓴다.

189 하나라 때 우왕(禹王)이 홍수를 다스렸는데, 낙수에서 등에 무늬가 있는 거북을 발견하고 살펴보니 무늬는 곧 물을 다스리는 글이었다고 한다.

190 원군은 꿈에서 어부에게 사로잡힌 하백(河伯)의 사자를 만났는데, 깨어나서 물어보니 신이한 거북이라고 했다. 그 거북을 얻어 점을 치니 모든 것을 맞추었다고 한다. 『장자』에 나오는 고사다.

191 이 구절의 원문은 "산절조탈"(山節藻梲)인데, 기둥 끝의 두공(斗栱)에 산을 새기고 들보 위에 세우는 짧은 기둥(동자기둥)에 마름을 그린다는 말이다. 노(魯)나라 대부 장문중(臧文仲)이 거북을 보관하는 집을 만들면서 이런 장식을 했다고 한다. 『논어』에 이 이야기를 언급한 구절이 있다.

192 노오(盧敖)는 진나라 때 사람이다. 북해(北海)에 노닐 때 거북의 등딱지에 걸터앉아서 바지락을 먹었다고 한다. 『회남자』(淮南子)에 나오는 고사다.

193 모보는 진나라 때 사람으로, 어떤 군인에게 구입한 흰 거북을 오랫동안 기르다가 강에 놓아주었다. 뒷날 그 강에 빠졌을 때 다른 사람들은 모두 익사했지만 모보는 이 거북이 나타나서 구해주었다고 한다.

아서는 세상을 기쁘게 하는 보배가 되었고 죽어서는 신령스러운 도를 드러내는 보물이 되었습니다. 그러니 마땅히 입을 벌려서 웃고 노래함으로 천년 장륙(藏六)[194]의 회포를 풀어보겠습니다."

그러고는 즉시 잔치 자리 앞에서 실처럼 하늘하늘하게 백 척이나 되는 길이로 기운을 토해냈다. 이윽고 그것을 빨아들이자 흔적도 없이 사라졌다. 목을 움츠려 네 발 속에 감추기도 하고 목을 빼서 머리를 흔들기도 했다. 잠시 뒤에는 천천히 앞으로 걸어와서 구공무(九功舞)[195]를 추며 혼자 앞뒤로 나아갔다 물러났다 하더니, 다음 노래를 지어서 불렀다.

> 산속 연못에 의지해 홀로 지내며
> 호흡하면서 오래도록 살아간다오.
> 천 년을 살면서 다섯 빛깔 갖추고[196]
> 꼬리 열 개 흔들며 참으로 신령스러워집니다.[197]
> 진흙 길에서 꼬리를 끌며 살아갈지언정
> 높은 분들의 묘당(廟堂)에 모셔지기를 원치 않습니다.
> 신선의 단약(丹藥)이 아니어도 오래 살며
> 도(道)를 배우지 않아도 신령스럽게 자랍니다.
> 천 년 세월 속에서 성스러운 임금 만나

---

194 거북을 지칭한다. 거북은 불교에서 말하는 육근(六根)을 가지고 있다고 해서 생긴 말이다. 육근은 안근(眼根), 이근(耳根), 비근(鼻根), 설근(舌根), 신근(身根), 의근(意根)이다.

195 당나라 때 유행하던 춤으로, '구공'(九功)이란 천자의 아홉 가지 공덕을 말한다.

196 『포박자』(抱朴子)에 따르면, 천 년 묵은 거북은 다섯 가지 색을 갖추게 된다고 한다.

197 거북이 천 년을 살면 꼬리가 열 개 생긴다고 한다.

밝게 드러나는 상서로운 응답을 바칩니다.

저는 물에 사는 무리들의 어른이라,

연산역(連山易)과 귀장역(歸藏易)[198]의 연구를 도왔네.

문자를 짊어지고 나오니 숫자가 있었으며

길흉(吉凶)을 알려주어 계책을 이루게 했었지.

그러나 지혜가 많아도 위기와 곤액을 만나는 법,

재능이 많아도 미치지 못하는 곳이 있네.

가슴이 쪼개지고 등이 불에 지져지는 것을 면치 못했으니

물고기와 새우를 짝하여 자취를 감추었다가,

아! 목을 빼고 발을 들어

고당(高堂)의 잔치에 참여했네.

용왕님의 신령스러운 조화를 축하드리려

품고 있던 거북의 필력(筆力)을 희롱한다.

술이 이미 진상되고 음악 연주되니

아, 즐거움이여, 끝이 없어라.

악어 껍질 북을 치며 봉황 새긴 퉁소 부니

깊은 골짜기에 숨어 있던 용을 춤추게 한다.

산속 못에 있던 도깨비를 모이게 하고

강의 신령들을 모이게 하네.

온교(溫嶠)가 무소뿔을 태운 듯하고[199]

---

198 『연산』과 『귀장』은 『주역』과 더불어 삼역으로 불리는 역서(易書)다.

199 『진서』(晉書) 「온교전」(溫嶠傳)에 따르면, 그가 우교(牛渚)가에 이르렀는데 깊이를 측량할 수 없었다. 세상 사람들이 이곳에 괴물이 많다고 했기에, 온교가 무소의 뿔을 태워서 물속을 비추어 보니 잠깐 사이에 기이한 물속 생물들이 보였다고 한다.

우정(禹鼎)으로 도깨비들을 부끄럽게 만들었네.[200]

앞뜰에서 서로 춤을 추고

때로 농담도 하고 손뼉도 친다.

해는 지려는데 바람 일어나니

어룡(魚龍) 날아올라 물결 일어 끝이 없다.

이렇게 좋은 때는 갑자기 얻을 수 없는 것,

마음 괴로워 슬퍼지노라.

依山澤以介處兮 愛呼吸而長生

生千歲而五聚 搖十尾而最靈

寧曳尾於泥塗兮 不願藏乎廟堂

匪鍊丹而久視 非學道而靈長

遭聖明於千載 呈瑞應之昭彰

我爲水族之長兮 助連山與歸藏

負文字而有數兮 告吉凶而成策

然而多智有所危困 多能有所不及

未免剖心而灼背兮 侶魚蝦而屛迹

羌伸頸而擧踵兮 預高堂之宴席

賀飛龍之靈變 玩呑龜之筆力

酒旣進而樂作 羌歡娛兮無極

擊鼉鼓而吹鳳簫兮 舞潛虯於幽壑

---

200 중국 하나라 우왕이 아홉 개 주(州)의 쇠를 거두어 솥을 아홉 개 만들었다. 그는 솥을 만들 때 귀신의 형상을 그려 귀신이 얼마나 간사한지 알게 했더니, 백성이 강이나 숲에 들어가 도 이매망량(魑魅魍魎, 온갖 도깨비)이 그 형체를 나타낼 수 없었다고 한다.

集山澤之魖魅 聚江河之君長

若溫嶠之燃犀 慚禹鼎之罔象

相舞蹈於前庭 或謔笑而撫掌

日欲落兮風生 魚龍翔兮波瀅泬

時不可兮驟得 心矯厲而慨慷

　노래가 끝난 뒤에도 멈칫멈칫 황홀해서 발을 굴러 뛰어오르며 높고 낮게 춤추니, 그 모습을 이루 형용할 수 없어서 그 자리의 모든 사람이 한껏 웃었다.

　그들의 놀음이 끝나자 나무와 바위에 깃들어 사는 도깨비를 비롯해 숲속에 사는 정령과 괴물들이 일어나서 제각각 자신이 할 수 있는 놀이를 선보였다. 휘파람을 불고, 노래를 부르고, 춤을 추고, 피리를 불고, 손뼉 치고, 읊조리는 등 노는 모습은 달랐으나 소리는 같았다. 그들은 다음과 같이 노래를 지어서 불렀다.

신룡(神龍)께서 못에 계시며

간혹 하늘에 오르셔서

천년만년

그 복을 이어가소서.

예를 낮추어 어진 손님 초청하니

신선처럼 의젓하시네.

새로운 글 감상하니

옥구슬을 서로 이은 듯해.

옥돌에 새겨서

천년에 길이 전해지리.

군자께서 돌아가신다 말씀하시니

아름다운 잔치 자리 여시어

〈채련곡〉(採蓮曲) 노래하고

오묘한 춤 멋지게 추네.

북 치는 소리 둥둥 울려

화려한 현악기와 어울리네.

노 하나로 배 저어가니

고래는 모든 강물을 들이마신다.

서로 예를 갖춰 행동하니

즐거우면서도 허물 없도다.

神龍在淵 或躍于天 於千萬年 厥祚延綿

卑禮招賢 儼若神仙 玩彼新篇 珠玉相聯

琬琰以鑴 千載永傳 君子言旋 開此瓊筵

歌以採蓮 妙舞蹁翩 伐鼓淵淵 和彼繁絃

一掉航船 鯨吸百川 揖讓周旋 樂且無愆

노래가 끝나자 강물의 신들이 꿇어앉아 시를 바쳤다. 첫 번째인 조강신(祖江神)은 이렇게 썼다.

푸른 바다로 강물 흘러 그 기세 쉼 없는데

달리는 물결 흘러 흘러 가벼운 배 띄웠다.

구름 막 흩어지자 달은 포구에 잠겼고

조수 일어나려 할 때 바람은 섬에 가득하다.

햇볕 따뜻하니 거북 물고기 한가로이 나타났다 사라지고

물결 밝으니 오리들 마음껏 떴다 잠긴다.

해마다 바위에 부딪쳐 수없이 오열했지만

오늘 밤 즐거움에 온갖 시름 씻어낸다.

碧海朝宗勢未休 奔波汩汩負輕舟

雲初散後月沉浦 潮欲起時風滿洲

日暖龜魚閑出沒 波明鳧鴨任沉浮

年年觸石多嗚咽 此夕歡娛蕩百憂

두 번째 낙하신(洛河神)의 시는 다음과 같다.

다섯 가지 꽃 핀 나무 그림자는 풀밭 덮었는데

온갖 그릇과 악기는 차례대로 펼쳐졌다.

구름무늬 휘장 속에 노래는 부드러이 굴러가고

수정 주렴 안에 춤은 너울너울.

용왕께서 어찌 연못 안에만 계시랴?

문사(文士)는 원래 잔치 자리의 진귀한 손님.

어떻게 하면 긴 밧줄로 해를 잡아매어

이곳에 머무르며 아름다운 봄날 흠뻑 취할 수 있을까?

五花樹影蔭重茵 籩豆笙簧次第陳

雲母帳中歌宛轉 水晶簾裡舞逶巡

神龍豈是池中物 文士由來席上珍

安得長繩繫白日 留連泥醉艶陽春

세 번째 벽란신(碧瀾神)의 시는 다음과 같다.

용왕께서 술 취해 금빛 상(床)에 기대시니

산 아지랑이 아른아른 해가 벌써 저문다.

오묘한 춤 너울너울 비단 소매 돌아가고

맑은 노래 가늘게 퍼져 아름다운 들보를 감돈다.

외로운 마음 은빛 섬에 넘쳐난 것 몇 해런가?

오늘 함께 즐거워하며 옥잔을 든다.

세월 모두 흘러가도 아는 사람 없으리니,

예나 지금이나 세상일은 너무도 바빴어라.

神王酩酊倚金床 山靄霏霏已夕陽

妙舞傞傞廻錦袖 淸歌細細遠雕樑

幾年孤憤飜銀島 今日同歡擧玉觴

流盡光陰人不識 古今世事太忽忙

쓰기를 마치고 용왕에게 바치니, 용왕이 웃으며 살펴본 뒤 이 시들을 한생에게 주라고 명했다. 그 작품들을 받은 한생은 꿇어앉아 세 번이나 읽고 거듭 감상했다. 그러고는 그 자리에서 20운(韻)으로 된 시를 지어 오늘의 성대한 일을 써 내려갔다. 시는 다음과 같다.

천마산은 은하수 위로 높이 솟았고

바위 사이 물은 멀리 허공에 날린다.

곧바로 떨어져 내려 숲과 골짜기 뚫고

거세게 흘러 큰물 되었구나.

물결 속엔 달이 잠겼고

못 아래엔 용궁이 닫혔어라.

오묘한 변화는 신이한 자취를 남겼고

높이 올라 큰 공을 세우셨네.

자욱하게 가는 안개 피어나니

드넓게 상서로운 바람 일어난다.

하늘에서 받은 명령 중하니

청구(靑丘)[201]에서 높은 작위에 올랐네.

구름 타고 하늘에 조회하고

비 내리며 청총마(靑驄馬)[202]를 달린다.

금빛 궁궐에서 아름다운 잔치 열고

옥 계단에서 음악을 연주한다.

흐르는 노을은 찻잔에 뜨고

맑은 이슬은 붉은 연꽃에 떨어진다.

예의를 갖춘 위엄 있는 모습 진중하니

움직이는 동작에 예법도 풍성하다.

의관에는 광채가 찬란하고

환패(環珮)[203]는 소리도 영롱하다.

물고기와 자라들 찾아와 축하하고

강의 신들도 모두 모였네.

---

201 조선을 지칭하는 다른 이름

202 갈기와 꼬리가 파르스름한 흰말로, 여기서는 좋은 말을 뜻한다.

203 왕과 왕비의 법복이나 문무백관의 조복과 제복 좌우에 늘이어 차던 고리 모양의 둥근 옥
(玉)이다. '環佩'라고도 표기한다.

신령스러운 조화가 어찌 그리 황홀한지

현묘한 덕은 더욱 깊고도 가득 찼다.

뜰에서는 꽃을 재촉하는 북을 치고

동이에는 술을 빨아들이는 무지개 드리웠다.

선녀들은 옥피리 불고

서왕모는 거문고 연주하네.

백 번 절하며 좋은 술 올리고

오랜 세월 견디라는 축원[204] 세 번이나 소리친다.

안개에는 서리와 눈같이 하얀 과일 잠겨 있고

쟁반에는 수정 같은 채소가 비친다.

진귀한 음식 목에 가득하여 기름지고

은혜의 물결은 뼈에 스미네.

마치 신선의 기운을 마신 듯

신선 사는 영주섬과 봉래섬에 와 있는 듯.

즐거운 자리 끝나면 응당 헤어지리니

이러한 풍류도 한바탕 꿈이로다.

天磨高出漢 巖溜遠飛空 直下穿林壑 奔流作巨泓

波心涵月窟 潭底閟龍宮 變化留神迹 騰拏建大功

烟熅生細霧 駘蕩起祥風 碧落分符重 靑丘列爵崇

乘雲朝紫極 行雨駕靑驄 金闕開佳燕 瑤階奏別鴻

---

204 이 구절의 원문은 "축화숭"(祝華嵩)이다. 화숭(華嵩)은 중국의 화산(華山)과 숭산(嵩山)을 지칭하는 것으로, 여기서는 용왕이 지은 이 건물이 영원히 보존되기를 축원한다는 의미로 쓰였다.

流霞浮茗椀 湛露滴荷紅 揖讓威儀重 周旋禮度豊

衣冠文燦爛 環珮響玲瓏 魚鱉來朝賀 江河亦會同

靈機何恍惚 玄德更淵冲 苑擊催花鼓 樽垂吸酒虹

天姝吹玉笛 王母理絲桐 百拜傳醪醴 三呼祝華嵩

烟沈霜雪果 盤暎水晶葱 珍味充喉潤 恩波浹骨融

還如淩沆瀣 宛似到瀛蓬 歡罷應相別 風流一夢中

지은 시를 바치니 자리에 있던 모두가 감탄하면서 칭찬을 아끼지 않았다. 용왕이 사례하며 말했다.

"마땅히 이 시를 금석(金石)에 새겨 용궁의 보배로 삼겠소."

한생은 절하여 감사를 표하고 앞으로 나아가 아뢰었다.

"궁궐에서의 훌륭한 일은 이미 모두 보았습니다. 혹시 드넓은 궁실, 장엄한 강토도 두루 구경할 수 있겠습니까?"

용왕이 말했다.

"그렇게 하시오."

용왕의 허락이 떨어지자 한생은 문밖으로 나와서 눈을 크게 뜨고 둘러보았다. 그렇지만 채색 구름이 주변을 둘러싼 터라 동서를 분간할 수 없었다. 용왕은 구름 부는 자를 불러서 모두 쓸어내라고 명했다. 그러자 어떤 사람이 궁전 뜰에서 나오더니 입을 오므렸다가 하늘을 향해 바람을 한 번 불었다. 곧바로 하늘이 환하게 밝아지고 산과 바위 벼랑도 없어졌으며 다만 바둑판처럼 드넓고 평평한 세계가 수십 리나 드러났다. 옥으로 만든 꽃이 활짝 핀 아름다운 나무들이 그 안에 줄지어 있었으며, 금모래를 펴놓고 금으로 만든 담이 둘러싸고 있었다. 행랑과 뜰에는 모두 푸른 유리로 만든 벽돌을 깔아서 빛과 그림자를 저마다 머금고 있었다.

　용왕은 한생이 곳곳을 관람할 수 있도록 두 사람을 붙여서 안내하게 했다. 조원루(朝元樓)라고 하는 누각에 이르렀는데, 칠보 중의 하나인 파려(玻瓈)로 짓고, 거기에 구슬과 옥으로 장식하고, 황금색과 푸른색으로 아로새긴 곳이었다. 그곳에 올라가니 마치 허공에 떠 있는 듯했는데, 무려 천 층(層)이나 되었다. 한생이 더 위로 올라가려 하자 그를 안내하던 사자(使者)가 말했다.

　"용왕님께서는 신이한 힘으로 혼자 오르십니다. 하지만 저희는 아직 전체를 구경하지 못했습니다."

　대개 위쪽의 층은 하늘의 구름과 나란한 높이라서 세속의 보통 사람들은 오를 수가 없으므로 한생은 7층까지 올라갔다가 내려왔다.

　이어서 다른 누각에 이르렀는데 그곳의 이름은 능허각(凌虛閣)이었다. 한생이 물었다.

　"이 누각은 무엇을 하는 곳인지요?"

　사자가 대답했다.

　"이곳은 용왕님께서 하늘에 조회를 올릴 때 의식에 필요한 여러 도구들을 점검하고 의관을 정돈하는 곳입니다."

　한생이 요청했다.

　"원컨대 용왕님의 물건들을 구경하고 싶습니다."

　사자가 한생을 이끌어 어느 곳에 이르렀는데, 거기에는 둥근 거울 같은 물건들이 있었다. 하지만 번쩍번쩍 빛이 나서 눈이 아찔한 탓에 자세히 살필 수 없었다. 그때 한생이 물었다.

　"이건 무엇에 쓰는 물건인지요?"

　사자가 말했다.

"번개를 관장하는 신 전모(電母)의 거울입니다."

북도 하나 있었는데 큰 것과 작은 것이 서로 잘 어울렸다. 한생이 북을 쳐보려고 하자 사자가 다급히 말렸다.

"만약 이 북을 한 번 치신다면 세상의 온갖 물건들이 모두 진동하게 됩니다. 이것은 바로 우레를 맡은 뇌공(雷公)의 북입니다."

풀무처럼 생긴 물건도 있었다. 한생이 그것을 흔들어보려고 하자 사자가 다시 말리면서 말했다.

"만약 이것을 한 번 흔드신다면 산의 바위가 모두 무너져 내리고 큰 나무들이 뿌리째 뽑힐 것입니다. 이것은 바로 바람을 일으키는 풀무입니다."

또 빗자루처럼 생긴 물건이 있었는데 그 옆에는 물동이가 놓여 있었다. 한생이 빗자루에 물을 묻혀서 뿌려보려고 하자 사자는 고개를 저었다.

"만약 이것을 한 번 뿌리신다면 홍수로 물이 흘러넘쳐서 산과 언덕이 물로 뒤덮일 겁니다."

한생이 말했다.

"그렇다면 어째서 구름을 불어내는 기구는 없습니까?"

사자가 말했다.

"구름은 용왕님의 신이한 힘으로 만들어질 뿐, 기구를 가지고 만드는 것이 아닙니다."

한생이 다시 물었다.

"뇌공, 전모, 바람을 맡은 풍백(風伯), 비를 맡은 우사(雨師)는 모두 어디 계십니까?"

사신이 대답했다.

"그분들은 천제(天帝)께서 깊숙한 곳에 가두어 밖으로 놀러 다닐 수 없습니다. 용왕님께서 나오시면 이분들이 모입니다."

그 밖에도 물건들이 더 있었지만 나머지 기구들은 모두 쓰임을 알 수 없는 것들이었다.

긴 행랑이 있었는데 몇 리나 이어져 있었다. 문과 들창에는 금룡(金龍)을 새긴 자물쇠가 채워져 있었다. 한생이 물었다.

"이곳은 어디입니까?"

사신이 대답했다.

"이곳은 용왕님의 칠보(七寶)를 보관하는 곳입니다."

한생은 두루 돌아보았지만 모든 곳을 구경할 수는 없었다. 이윽고 한생이 말했다.

"이제 그만 돌아가고 싶습니다."

사자가 대답했다.

"알겠습니다."

한생은 돌아가려 했지만 겹겹이 설치된 문 때문에 어디로 가야 할지 알 수 없었다. 그래서 사자에게 안내해달라고 부탁했다.

이윽고 한생은 원래 있던 자리로 돌아와 용왕에게 감사 인사를 올리며 말했다.

"은혜와 영광을 두터이 입어서 이렇게 아름다운 곳을 두루 돌아보았습니다."

한생이 두 번 절하고 이별을 고하자, 용왕이 산호로 만든 쟁반[珊瑚盤]과 밝은 구슬[明珠] 두 알, 얼음처럼 하얀 비단[氷綃] 두 필을 전별의 선물로 주면서 문밖까지 배웅해주었다. 이때 강의 신 셋도 함께 헤어졌는데, 그들은 가마에 타더니 곧바로 돌아갔다. 용왕은 다시 두 사자에게 산을 뚫고 물을 헤치는 통천서각(通天犀角)²⁰⁵을 들고 휘두르면서 전송하라고 명했다. 그중 한 사람이 한생에게 말했다.

"제 등에 올라타서 잠깐만 눈을 감고 계십시오."

한생은 그 말대로 등에 올라 눈을 감았다. 다른 한 사람이 통천서각을 휘두르며 앞에서 인도하니 마치 공중으로 올라가는 듯 오직 바람 소리와 물소리만 계속해서 들려왔다.

소리가 그쳐서 눈을 뜨자 한생은 자기 방에 누워 있었다. 그는 밖으로 나와서 주위를 살펴보았다. 큰 별이 희미해지면서 동쪽 하늘이 밝아왔고 닭이 세 번이나 울었으니, 바로 오경(五更)이었다. 급히 품속을 뒤져보았는데, 구슬과 비단이 그대로 들어 있었다. 한생은 그것을 상자에 잘 보관해두고 보물로 여겨서 다른 사람에게는 보여주려 하지 않았다. 그 후 한생은 세상의 명예와 이익을 생각하지 않고 명산(名山)으로 들어갔는데, 그가 어떻게 세상을 마쳤는지는 알려지지 않았다.

---

205 이 뿔을 가지고 물에 들어가면 물길이 저절로 열린다는 전설이 있다.

『매월당시사유록』에 수록된 김시습의 자화상. 그가 남긴 글 「자
사진찬」(自寫眞賛)이 함께 실려 있다(ⓒ국립중앙박물관).

양양부사 유자한[206]에게 올리는 글

− 상유양양진정서(上柳襄陽陳情書 自漢[207])

김시습

　두터운 은혜와 곡진한 대접을 자주 받으니 참으로 감격스럽습니다. 상국(相國)[208]께서 저를 기억하시고 은혜를 베풀어 대우하시는 것은 아마도 저의 보잘것없는 재주와 헛된 이름 때문인가 합니다. 제 실상을 감히 숨기지 않고 말씀드리는 이유는, 스스로 자랑하거나 겸손히 깎아내림으로써 다른 사람들에게 칭찬을 받기 위해서가 아닙니다. 제가 비록 자신을 자랑하지 않더라도 그게 다 헛된 명성이라는 걸 온 나라 사람이 알고 있습니다. 또한 스스로 겸손히 깎아내린다 해도 제가 얼마나 어리석고 졸렬한지는 모든 백성이 알 것입니다. 그러니 오늘 상국 앞에서 자랑하거나 겸손을 떤 뒤에 실상이 드러나는 짓을 굳이

206　유자한(柳自漢, ?-?)은 조선 전기의 문신으로 본관은 진주(晉州)이며, 참판 유양식(柳陽植)의 아들이다. 1460년(세조 6) 평양별시문과에 장원으로 급제하면서 벼슬길에 올랐다. 이후 중시문과에 급제한 뒤 홍문관, 예문관, 사간원 등 청요직을 거쳤다. 1486년 양양부사를 지냈을 때 형편이 어려운 백성을 구휼해서 칭송받았다. 1504년(연산군 10) 갑자사화에 연루되어 유배되었다가 귀양지에서 세상을 떠났다.

207　『매월당문집』권 21에 수록된 글을 번역했다.

208　재상을 높여 부르는 호칭

할 필요가 있겠습니까?

제 본관은 강릉으로, 삼국시대 때 신라 왕이었던 김알지의 후예이며, 원성왕의 동생 김주원(金周元)의 후손입니다. 이들의 사적은 『삼국사기』 본기에 자세히 기록되어 있습니다. 어머니는 울진의 선사 장씨(仙槎張氏)인데, 전하는 말로는 한나라 때 박망후(博望侯) 장건(張騫)의 후예라고 합니다만 사실인지는 분명하지 않습니다.

먼 조상 중에 김연(金淵), 김태현(金台鉉) 같은 분들이 번갈아 고려의 시중(侍中)을 지냈는데, 그에 관해서는 『고려사』 본사에 자세히 기록되어 있습니다. 증조부 때에 이르러서는 봉익(奉翊)[209]에 그쳤으며, 아버님은 음서(蔭敍)로 겨우 벼슬살이를 시작하셨지만 병치레 때문에 벼슬길에 나아가지 못하셨습니다.

저는 을묘년(1435년, 세종 17)에 한양 반궁(泮宮)[210] 북쪽에서 태어났습니다. 태어난 지 8개월 만에 스스로 글자를 깨쳤습니다. 이웃에 집안 어른인 최치운(崔致雲) 선생이 계셨는데, 제게 시습(時習)이라는 이름을 지어주시고 그에 대한 설(說)을 지어서 제 외조부님께 주셨습니다. 외조부께서는 제게 우리말을 먼저 가르치지 않고 양(梁)나라 주흥사(周興嗣)의 『천자문』만을 교육하셨는데, 비록 말은 제대로 못 했지만 뜻은 모두 통할 수 있었습니다. 이 때문에 자라서도 더듬거리며 말을 서툴게 했지만 붓과 먹을 주면 제 뜻을 모두 썼습니다. 그러므로 세 살이 되자 능히 글을 엮어낼 수 있었고 다섯 살에는 글을 지었으니, 이로써 문리(文理)가 트였음을 알 수 있습니다.

---

209 봉익대부(奉翊大夫)의 준말로 고려 때 종2품의 문관 품계
210 성균관을 말한다.

병진년(1436년, 세종 18) 봄, 외조부께서 시구절을 뽑은 『초구』(抄句)를 가르치셨는데 당시까지도 저는 여전히 말을 못 했습니다. 외조부께서 "꽃은 난간 앞에서 웃는데 소리는 들리지 않는다"[花笑檻前聲未聽]라는 구절을 가르쳐주시면, 저는 병풍에 그려놓은 꽃을 가리키면서 "아, 아" 했습니다. 또 "숲속에서 새가 우는데 눈물은 보기가 어렵다"[鳥啼林下淚難看]라는 구절을 배우면 저는 병풍에 그려놓은 새를 가리키면서 "아, 아" 하고 소리를 냈다 합니다. 외조부께서는 그 모습을 보고 제가 시구절의 뜻을 이해했다는 걸 아셨습니다. 그래서 그해에 『초구』 100여 수, 당나라와 송나라의 뛰어난 분들이 쓴 시를 뽑아놓은 것들을 모두 읽었습니다.

저는 세 살이 되던 정사년(1436년, 세종 19) 봄에야 비로소 말을 하기 시작했습니다. 그 무렵 제가 외조부님께 여쭈었습니다.

"시는 어떻게 짓는 건가요?"

외조부께서는 이렇게 말씀하셨습니다.

"일곱 개의 글자를 잇고, 글자의 평측(平仄), 구절의 대구, 압운(押韻)을 하는 걸 시라고 한단다."

"만약 그런 것이 시라면, 저도 일곱 개 글자를 이을 수 있어요."

그러자 외조부께서 '춘'(春) 자를 부르셨고, 저는 즉시 이렇게 응대했습니다.

봄비 내리는 새 장막에 기운이 열리네.
春雨新幕氣運開

당시 저는 초가집에서 살았는데, 정원에 가랑비가 내리고 살구꽃

꽃망울이 막 터지는 모습을 보았기에 그처럼 지은 것입니다. 또 이런 구절도 지었습니다.

> 복숭아꽃 붉고 버드나무 푸르르니 한봄이 저물어가네.
> 桃紅柳綠三春暮

이런 구절을 짓기도 했습니다.

> 구슬을 푸른 바늘로 꿰었으니 솔잎에 맺힌 이슬이로다.
> 珠貫靑針松葉露

이렇게 지은 구절이 적지 않습니다만 기록한 책을 잃어버려서 지금은 다 잊었습니다. 이때부터 『정속』(正俗), 『유학자설』(幼學字說) 등 어린아이들이 읽는 책을 모두 마쳤고, 『소학』(小學)에 이르러 그 뜻을 통달하자 능히 글을 지을 수 있게 되어 수천 언(言)이나 썼습니다.

기미년(1439년, 세종 21)에는 이웃에 사는 수찬(修撰) 이계전(李季甸) 선생의 문하에서 『중용』(中庸)과 『대학』(大學)을 읽었는데, 파봉(坡封)의 형님인 이우(李堣)와 함께 공부했습니다.

다섯 살이 되던 해에는 이웃의 사예(司藝) 조수(趙須) 선생께서 자(字)와 함께 자설(字說)[211]을 지어주셨습니다. 제가 한양에 처음으로 이름이 나기 시작한 것은 이들 두세 분 덕분인데, 이분들이 이웃에 살면서 저

---

211 '자'는 본이름 외에 부르는 이름, '자설'은 자의 뜻을 설명하면서 삶의 자세를 제시한 글이다. 예전에는 이름을 소중히 여겨서 함부로 부르지 않았다.

를 좋게 말씀해주셨기 때문입니다.

헛된 명성이 자자해지자 어느 날 정승(政丞) 허조(許稠) 선생께서 저를 만나러 집에 찾아오셨습니다. 그분은 운을 띄우면서 이렇게 말씀하셨습니다.

"내가 늙었으니, 늙을 노(老) 자로 시구절을 지어보려무나."

저는 즉시 응답했습니다.

> 늙은 나무에 꽃이 피니 마음은 늙지 않았네.
> 老木開花心不老

그러자 허 정승께서는 무릎을 치면서 감탄하셨다가 이윽고 탄식하며 말씀하셨습니다.

"이 아이가 이른바 신동(神童)이로구나."

이때부터 선비들이 제 이름을 알고 자주 찾아오게 된 것입니다.

세종대왕께서도 소문을 들으시고 대언사(代言司)의 지신사(知申事)였던 박이창(朴以昌) 선생에게 명을 내려 소문의 허실(虛實)과 제 실제 능력을 확인하라고 하셨습니다. 이에 선생께서 저를 무릎에 앉히시고 이름을 부르며 말씀하셨습니다.

"네가 시구절을 지을 줄 아느냐?"

저는 즉시 대답했습니다.

> 올 때에는 포대기에 싸인 김시습이었습니다.
> 來時襁褓金時習

또 벽에 걸린 산수화를 손으로 가리키면서, "네가 또 지을 수 있겠느냐?" 하시기에 저는 곧바로 이렇게 응대했습니다.

　작은 정자와 배 안에는 어떤 사람 계실까?
　小亭舟宅何人在

이렇게 그 자리에서 지은 시와 엮은 문장이 적지 않습니다. 박이창 선생은 즉시 대궐로 들어가서 아뢰었고, 임금님께서는 이렇게 명을 내리셨습니다.

"내가 직접 불러들여서 보고 싶지만, 다른 사람의 이목을 끌까 봐 두렵구나. 마땅히 부모에게 돌려주되, 아이의 재주를 숨기면서 부지런히 가르치며 양육하도록 하라. 나이 들어 공부가 경지에 오르면 내가 크게 쓰리라."

임금님께서는 물건을 하사하시면서 저를 친가로 돌아가게 하셨습니다. 그 밖에 〈삼각산〉(三角山)이라는 잡체시(雜體詩)[212]를 비롯해 몇몇 작품들은 근거가 없는 허랑한 것들이니, 이는 모두 무뢰한 자들이 거짓으로 제 작품이라 하면서 전한 것들입니다.

이때부터 열세 살까지는 이웃에 사시던 대사성(大司成) 김반(金泮) 선생의 문하에서 『논어』, 『맹자』, 『시경』, 『서경』, 『춘추』를 배웠으며, 이웃에 사시던 겸사성(兼司成) 윤상(尹祥) 선생에게는 『주역』, 『예기』, 역사서를 배웠습니다. 제자백가(諸子百家)의 책들은 스승에게 전수받지 않고 혼자 읽었습니다.

212　시적 효과를 얻기 위해 정형화된 형식을 변형시켜 지은 시

열다섯 살이 되어 어머니를 여의고 외할머니 슬하에서 자랐습니다. 외할머니께서는 하나뿐인 외손자라 해서 마치 친자식처럼 사랑으로 길러주셨습니다. 모친상을 당하자 저를 농장으로 데려가서 한양으로 보내지 않으셨는데, 삼년상을 마치지도 못하고 외할머니께서 돌아가셨습니다. 홀몸이 되신 아버지는 병을 안고 사느라 집안일을 돌보지 못하셨습니다. 계모를 얻었지만 세상일은 어긋나고 각박했습니다. 혼자 한양 집에서 상국(相國)의 사위이자 안중선(安仲善)의 아버지인 안신(安信)[213]을 비롯 지달하(池達河), 정유의(鄭有義), 장강(張綱), 정사주(鄭師周)와 함께 배우며 형제처럼 지냈습니다.

저는 어려서부터 영달(榮達)을 좋아하지 않았는데, 친척들과 이웃들이 저를 지나치게 칭찬하니 무척 부끄러웠습니다. 이윽고 마음과 세상일이 서로 어긋나게 되어 실패를 거듭하던 중 세종과 문종 임금께서 잇따라 돌아가셨습니다. 세조 임금 초기에 유서 깊고 대대로 높은 관직을 지낸 신하들이 모두 귀신의 명부에 오른 데다 이교(異敎)가 크게 일어나면서 유교가 무너지자 저의 뜻은 황량해졌습니다. 마침내 머리를 깎은 스님들과 짝이 되어 산수를 노닐게 되었으므로, 친구들은 제가 불교를 좋아한다고 여겼습니다. 그러나 이교인 불교로 세상에 이름을 드러내려 한 것이 아니었기 때문에, 세조 임금께서 왕명으로 여러 차례 저를 부르셨지만 한 번도 나아가지 않았던 것입니다. 저의 처신이 세상과 점점 벌어졌고, 세상을 대수롭지 않게 여기면서 다른 사람들의 의견과 달라졌으므로, 어떤 사람은 저를 바보라고 생각했으며 다른 누구는 저를 미치광이로 치부했습니다. 그러나 소라고

---

213 유자한은 안신의 장인이자 안중선의 부친이다.

부르건 말이라고 부르건 개의치 않고 대꾸했습니다.

지금 임금님께서 왕위에 오르시어 어진 사람을 등용하고 신하들의 간언을 따르시자 저도 벼슬에 나아가기로 마음먹었습니다. 그래서 십여 년 전에 공부하던 육경(六經)²¹⁴을 다시 꺼내 열심히 익혔고, 실력이 점점 무르익어가고 있습니다. 또한 종사(宗祀)를 받드는 데에도 제가 중한 역할을 해야 하는 까닭에, 장차 벼슬을 해서 선조의 제사를 지내려 했습니다. 그러나 마치 둥근 구멍에 네모난 자루를 박는 것처럼, 저 자신과 세상이 서로 어긋나는 것을 자주 보았습니다. 옛 친구들은 모두 세상을 떠나고 새로운 지인들은 아직 익숙하지 않으니 누가 저의 원래 뜻을 알아주겠습니까? 이 때문에 다시 이 몸뚱이를 산수 사이로 내몰아 방랑하게 했습니다. 이는 모두 사실이니, 오직 공(公, 유자한을 지칭)만이 마음으로 알아주셨습니다.

저를 모르는 사람들은 집안이 가난하다는 이유로 실의에 빠져서 능히 스스로 뜻을 펼칠 수 없었기에 떠돌아다니다 여기까지 왔다고 생각합니다. 또는 집의 노비들을 모두 팔아먹고 곤궁해져서 여기까지 굴러왔다고 여깁니다. 한참 웃을 만한 생각들입니다. 이러한 것들은 모두 〈삼각산〉이나 염양(厭禳), 한필(漢筆) 등과 같은 부박(浮薄)한²¹⁵ 이야기입니다. 또한 헛된 명성은 조물주도 꺼리는 것인데 어찌 이 지경에 이르렀단 말입니까?

상국께서는 저를 비천하다 여기지 않으시고 지극히 넉넉하게 대우

---

214 중국 춘추시대의 여섯 가지 경서(經書)를 말한다. 『역경』, 『서경』, 『시경』, 『춘추』, 『예기』, 『악기』를 이르는데, 『악기』 대신 『주례』를 넣기도 한다. 원문은 동일어인 "육적"(六籍)으로 표기되어 있다.

215 천박하고 경솔한

하시니, 마치 예부터 알던 지인들, 예컨대 괴애(乖崖) 김수온(金守溫), 사가(四佳) 서거정(徐居正), 금헌(琴軒) 김유(金紐)처럼 한결같으셨습니다. 저는 짐짓 어디에도 구속받지 않고 자유롭게 행동하는 것처럼 굴었으며 그분들을 뵙는 것도 소홀히 했는데, 그럴수록 저를 더욱 공손하게 대접해주셨을 뿐 아니라 벼슬살이를 하도록 권하기까지 하셨습니다. 이처럼 성대한 조정이 저를 깊이 염려해주시니 그 은혜가 참으로 두터울 따름입니다.

저 또한 상국의 자제와 고요한 장소를 택하여 책을 읽었습니다만, 올해만은 이 골짜기에 곡식을 심었으니, 보리부터 조까지 한 말 정도에서 섬에 이르도록 경작했습니다. 게다가 본디 기름진 땅이라 드리운 이삭들이 여물면 가을걷이가 수십 섬이나 되었습니다. 가까운 읍치(邑治)에 나아간다면 상국의 보호를 받아서 내년에도 넉넉하리라 생각했습니다. 그런데 지금 골짜기로 돌아와 살펴보니 며칠 사이에 산쥐가 모조리 상하게 만들었고, 남아 있는 이삭이 없었습니다. 저는 그저 우두커니 서서 탄식할 뿐입니다.

만약 양식이 다 떨어져서 다른 사람에게 먹을 것을 꾸거나 관청에서 호구지책을 마련해야 한다면 어깨를 옹송그리면서 그저 "예예" 순종하며 먹고 마실 것을 구해야 할 처지니, 이는 선비의 뜻과 희망이 땅에 떨어지는 처사입니다. 주변 사람들은 '곤궁하면 받는 것이 마땅하니, 자, 와서 받으라' 하고 다시 생각할 것입니다. 옛사람이 이르길, "늙을수록 더욱 힘이 넘치고 곤궁할수록 더욱 뜻이 단단해진다"라고 했는데, 이것이야말로 제게 딱 맞는 말씀입니다.

제가 처신하는 것은 너무도 어렵고 어려우니, 인간 세상에서 살아갈 수 없는 다섯 가지 '불가(不可)함'이 있습니다.

세상 사람들은 마음과 뜻으로 사람을 보지 않고 그가 입은 옷으로 보는데, 제게는 더러운 옷을 빨아줄 사람도, 바느질을 해줄 사람도 없으니 그것이 첫 번째 불가함입니다. 처첩(妻妾)들이 있다면 생계를 꾸려갈 계획을 세워야 하는데, 그렇게 되면 생활에 얽매여 빈부(貧富) 문제에서 자유로울 수 없으니 그것이 두 번째 불가함입니다. 또한 어떻게 적씨(翟氏)에게서의 도(陶)[216]를 혹은 양홍(梁鴻)의 아내 맹광(孟光)[217]과 같은 여성을 얻을 수 있겠습니까? 이것이 세 번째 불가함입니다. 비록 옛 친구에게 가련하게 보여서 관직에 천거된다 해도 벼슬의 품계는 낮고 봉록(俸祿)[218]은 적을 것이니 갑자기 사정이 좋아질 리 없습니다. 게다가 저는 성품이 어리석으면서도 정직하기 때문에 보잘것없는 사람들은 저를 용납할 수 없을 것입니다. 이것이 네 번째 불가함입니다. 제가 깊은 산골짜기에 사는 이유는 단지 밝은 산과 아름다운 물을 사랑해서일 뿐, 밭갈이 같은 것은 마음에 둔 일이 아닙니다. 또한 올해 농사에 손해를 보아서 골짜기를 나가 살아갈 방도를 구해야 합니다. 그러면 사람들은 "옛날처럼 곤궁해져서 처지가 이렇군" 하고

---

216 한나라 하규(下邽)의 적공(翟公)이 정위(廷尉)로 있을 때는 빈객(賓客)들이 수없이 몰려오더니 그 자리에서 물러나자 찾아오는 사람이 없어 문 앞에 참새 그물을 쳐놓을 정도였다. 그러다가 정위에 복귀하니 다시 빈객이 몰려왔다. 이에 분개하여 다음과 같은 글을 써서 문에 붙였다고 한다. "한 번 죽고 한 번 사는 데 사람 사귐의 정을 알겠고, 한 번 가난하고 한 번 부유해짐에서 사귐의 태도를 알겠고, 한 번 귀하고 한 번 천함에서 사귐의 정이 드러나는구나"[一死一生 乃知交情 一貧一富 乃知交態 一貴一賤 交情乃見].

217 원래는 살이 찌고 못생겼으며 얼굴이 검었으나 힘은 셌다. 그러다가 서른 살 늦은 나이에 양홍에게 시집왔는데, 처음에는 화려하고 대단하게 겉모습을 꾸미려고 애썼다. 하지만 일주일이 지나도 양홍이 거들떠보지 않자 그녀는 머리를 공이 모양으로 묶고 베옷을 가다듬어 물을 긷고 밥을 짓기 시작했다. 그 모습을 본 양홍이 "이는 진실로 내 아내가 됨 직하다"라고 하면서 아내로 대우했다고 한다.

218 벼슬아치에게 일 년 혹은 계절 단위로 주던 금품

이런저런 말들을 늘어놓을 것이니, 이것이 다섯 번째 불가함입니다.

선비의 본분이란 자기 자신과 세상 사이에 모순이 있으면 물러나 살아가면서 스스로 즐거워하는 것입니다. 어찌 다른 사람의 비웃음과 비방을 받으면서 억지로 인간 세상에 머무를 수 있겠습니까? 지난번 영공(令公)께서 계집종을 보내주셨지만, 아마도 돈을 보고 남편을 구하는 사람인 듯합니다. 제가 염탐한 결과 그 여자는 제게 오지 않을 사람이라는 것을 알게 되었습니다. 저 또한 구차하게 그녀와 갑자기 짝이 되고 싶지 않았기 때문에, 일부러 흥을 타고 달빛 아래에서 아름다운 경치를 찾아 구경하는 척하면서 하는 짓을 봤는데, 결국은 떠나갔습니다. 이튿날 영공의 가르침으로 크게 경계하게 되었으니 감사해 마지않으며 황공한 마음 둘 곳이 없습니다.

오늘날 상국이 저를 아껴주시는 것은 이른바 "천리마가 백락(伯樂)을 만나 말갈기를 떨치며 길게 울고, 백아(伯牙)가 종자기(鍾子期)를 만나 손을 들어 마음껏 거문고를 연주하는 것"[219]이나 다름없으니, 제가 마땅히 해야 할 바입니다.

무릇 사리의 옳고 그름을 물어서 의논하는 것[質議]과 글을 짓는 일에 대해서는 감히 마음을 다하고 속마음을 열지 않습니다. 골짜기를 나가 어진 사람을 천거하는 일은 세 번을 생각해봤지만 아직 정하지 못했습니다. 아! 어지신 분께서 저를 가엾게 여기시어 돌보고 대우해주시는, 너무도 무거운 은혜를 내려주셨으니 하늘이 어찌 돕지 않겠습니까?

---

219 자기를 알아주는 사람을 만난 것과 관련된 사자성어 백낙일고(伯樂一顧)와 백아절현(伯牙絶絃)의 내용이다.

때마침 농사도 끝내 병들어버린 터라 장차 긴 꼬챙이를 만들어서 복령(茯苓)과 창출(蒼朮) 같은 약초나 캐려고 했습니다만, 모든 나무에 서리 맺히려 하니 자로(子路)의 솜옷을 지어야 할 것이고, 온 산에 눈이 쌓이려 하니 왕공(王恭)[220]의 학창(鶴氅)을 정리해야 하겠습니다. 실의에 빠져 살아가는 것보다는 차라리 세상을 소요하면서 여생을 보내는 것이 낫다고 생각합니다. 천년 뒤에 저의 본뜻을 알아주길 바라면서, 은덕에 감격하여 눈물을 뿌리며 종이를 마주하여 슬퍼할 뿐입니다. 잠시 이것으로 절하고 아뢰오니, 재량(裁量)하여 살펴주십시오.

8월 26일에 글을 받고 김열경(金悅卿)[221]은 절하며 아뢰옵니다.

---

220 동진(東晉) 때 인물로 자는 효백(孝伯), 시호는 충간(忠簡)이며 본관은 태원(太原)이다. 맹창(孟昶)이 우연히 높은 가마에 앉아 있는 왕공을 보게 되었다. 당시 왕공은 학창구(鶴氅裘, 소매가 넓고 뒤 솔기가 갈라진 흰옷의 가를 검은 천으로 넓게 댄 웃옷)를 입고 있었는데, 맹창이 그를 보면서 "참으로 선계의 사람이로다"라고 감탄했다는 이야기가 『세설신어』(世說新語)에 전한다.

221 열경(悅卿)은 김시습의 자(字)다.

김시습전(金時習傳)[222]

이이(李珥)

　김시습의 자는 열경(悅卿), 본관은 강릉이며 신라 알지왕의 후예다. 왕자 김주원이 강릉에 봉읍(封邑)되었으므로 자손들이 이곳에 본적을 두었다. 그 후 김연, 김태현 등이 고려의 시중을 지냈다. 김태현의 후손인 김구주(金久柱)는 안주목사(安州牧使)에 그쳤고, 그의 아들 김겸간(金謙侃)은 오위부장(五衛部長)으로 마쳤으며, 김겸간의 아들 김일성(金日省)은 음서를 통해서 충순위(忠順衛)에 임명되었다. 김일성은 선사 장씨와 혼인하여 선덕(宣德) 10년(1435년, 세종 17) 한양에서 김시습을 낳았다.

　김시습은 기이한 기질을 타고났다. 태어난 지 8개월 만에 스스로 글자를 알았는데, 최치운이 이를 보고 기이하게 여겨서 그에게 '시습'(時習)이라는 이름을 지어주었다. 그는 말이 늦되었지만 정신은 놀라울 정도로 영민해서, 글을 마주하면 입으로 읽지는 못해도 뜻은 모

222　율곡(栗谷) 이이(李珥)가 지은 「김시습전」은 『매월당집』과 『율곡집』(栗谷集)에 모두 수록되어 있다. 여기서는 『율곡집』(권14)에 수록된 것을 대본으로 번역했다. 선조수정실록 15년 임오(1582, 만역) 4월 1일(무자) 기사에 다음과 같이 기록되었다. "이이에게 「김시습전」을 지어 올리도록 명했다."

두 알았다. 세 살에는 시를 엮어낼 수 있었고, 다섯 살에는 『중용』과 『대학』에 통달한지라 사람들은 그를 신동이라고 불렀다. 그래서 당대 이름난 재상인 허조를 비롯해 많은 사람들이 찾아오기도 했다.

장헌대왕(莊憲大王, 세종)이 그 소문을 들으시고 승정원(承政院)으로 불러들여 시(詩)로 시험하셨는데, 과연 글을 짓는 것이 빠르면서도 아름다웠다. 세종은 이렇게 명령을 내리셨다.

"내가 친히 접견하고 싶지만 세상 사람의 이목을 놀라게 할까 봐 두렵구나. 마땅히 그 집안에 권하여 밖으로 드러내지 말고, 잘 가르치며 기르도록 하라. 아이의 배움이 이루어지길 기다렸다가 장차 내가 크게 쓰리라."

세종은 비단을 하사하고 그를 집으로 돌아가게 했다. 이에 김시습의 명성이 온 나라를 뒤흔들었는데, 사람들은 '오세'(五歲)라고 하면서 이름을 부르지 않았다. 김시습은 이렇게 임금의 권장(勸獎)을 받고 더더욱 원대한 학업에 힘을 쏟았다.

경태(景泰) 연간에 세종대왕과 문종대왕께서 잇따라 돌아가시고 노산군(魯山君, 단종)이 3년 만에 왕위를 넘겼다. 이때 김시습은 스물한 살이었는데, 삼각산에서 한창 책을 읽으며 공부하고 있었다. 어느 날 한양에서 온 어떤 사람이 소식을 전해주자 그는 즉시 문을 닫고 사흘 동안 밖에 나오지 않더니 크게 통곡하면서 읽던 책을 모두 불살랐다. 광증(狂症)을 일으켜 변소에 빠졌다가 달아나서 불교에 자신을 의탁하고 법명(法名)을 '설잠'(雪岑)이라 했다. 그는 여러 차례 명호(名號)[223]를 바꾸었는데, 청한자(淸寒子), 동봉(東峯), 벽산청은(碧山淸隱), 췌세옹(贅世翁),

223 겉으로 내세우는 이름 혹은 이름과 호를 아울러 이르는 말

매월당(梅月堂) 등이다.

그는 못생긴 외모에 키도 작았지만, 용기가 비범하고 지혜가 빼어났다. 성품이 솔직하고 거동에 위엄은 없었다. 곧은 마음으로 다른 사람의 허물을 용서하지 않았으며, 시대를 마음 아파하고 세상일에 분노해서 울분과 불평을 토해냈다. 세상을 따라서 살아갈 수 없다는 점을 스스로 생각하고는 마침내 자신의 몸을 세상 밖에 풀어놓으니, 우리나라의 산천마다 그의 발길이 닿지 않은 곳이 없으며, 길을 가다가 좋은 곳을 만나면 그곳에서 잠시 살기도 했다. 오래된 옛 도읍을 올라 살피노라면 반드시 그곳을 서성거리면서 슬프게 노래 부르되 여러 날이 되도록 그치지 않았다.

총명하고 오성(悟性)이 다른 사람보다 뛰어나서 사서(四書) 육경(六經)은 어렸을 때 스승에게서 배웠지만, 제자백가는 스승의 가르침을 기다리지 않고서도 섭렵하지 않은 책이 없었다. 한번 기억하면 끝내 잊어버리지 않았으므로 평소에 일찍이 책을 읽지도 않았고 스스로 책상자를 가지고 다닌 적은 없었지만, 고금(古今)의 서적을 모두 통달하고 꿰뚫어서 빠뜨린 것이 없었으며, 사람들이 질문하면 그 자리에서 대답해 의심스러운 곳을 남겨두지 않았다.

불평과 강개함으로 가득한 가슴을 스스로 풀어낼 수 없어서 세상의 바람과 달, 구름과 비, 산림과 자연, 궁실과 의식(衣食), 꽃과 과일, 새와 짐승, 사람들의 옳고 그름, 성공과 실패, 부귀와 빈천(貧賤), 죽음과 삶, 질병, 희로애락(喜怒哀樂) 등에서부터 성명(性命)과 이기(理氣), 음양(陰陽)과 유현(幽顯) 등에 이르기까지 형체가 있는 것이든 없는 것이든 손가락으로 가리켜서 말할 수 있는 것은 모조리 문장에 담았다.

그런 까닭에 김시습의 문장은 물이 솟구치고 바람이 부는 것과 같았으며, 산이 만물을 갈무리하고 바다가 모든 물을 머금은 듯했으며, 신(神)이 부르면 귀(鬼)가 응답하는 듯하여 그 사이에서 끊이지 않고 나오는 것을 보니, 사람들로 하여금 실마리를 알 수 없게 했다. 시문의 성률(聲律)과 격조(格調)는 마음 쓰지 않아도 뛰어난 것은 생각이 높고 원대한 곳에 이르러 일상의 생각을 멀리 벗어났으므로 표현이나 다듬어 아름답게 꾸미는 자들이 비할 만한 경지가 아니었다.

도리에 있어서는, 비록 마음을 잘 보존하고 본성을 기르는 공부를 탐색하는 것에 공을 많이 들이지 않았으나, 재주와 지혜가 탁월함으로 말미암아 이해하는 바가 있었으며, 종횡으로 많은 이야기를 한 것들이 대부분 유가(儒家)의 종지를 잃지 않았다. 선불교와 도가(道家) 두 분야에서도 큰 의미를 알아서 그 병폐의 근원을 깊이 탐구했다. 선어(禪語)를 즐겨 지었는데, 깊고 은미한 도를 밝혀 천명했으니 재능이 절로 드러나서 막히는 데가 없었다. 그리하여 이름난 고승들 중에서는 학문에 깊다 해도 감히 그 날카로운 논조에 대항할 자가 없었으니, 이로써 그의 천부적인 자질과 빼어난 능력을 알 수 있다.

그는 스스로 자신의 명성이 일찍 높아졌다고 생각한 터라 하루아침에 세상에서 도망쳤다. 마음은 유가에 있었으되 행적은 불교에 있었으니, 그 시절 사람들이 괴이하게 여겼다. 그리하여 일부러 미친 사람의 행태를 보여서 진실을 감추었다. 선비의 자제들 중 가르침을 얻고자 찾아온 사람들이 있으면 나무와 돌로 그들을 때려서 맞이하기도 했고 활을 당겨서 쏠 듯이 하기도 했으니, 이는 그들의 성심(誠心)을 시험하려는 의도였다. 그러므로 문하에 머무르는 사람이 드물었다. 또한 산에서 밭을 개간하길 좋아했기에, 비록 비단옷을 입은 부귀한 집안의 아이라 해도 반드시 김을 매고 수확을 하도록 일을 시켜서 무척 괴롭게 만들었다. 이 때문에 그에게서 끝까지 학업을 전해 받는 사람이 더욱 드물었다.

산으로 가면 나무껍질을 하얗게 벗기고 거기에 시 쓰는 것을 좋아했는데, 한참 동안 시를 읊조리다가 갑자기 통곡하면서 그것을 깎아내곤 했다. 어떤 때는 종이에 시를 썼는데 이 또한 다른 사람들에게 보여주지 않고 대부분 물에 띄우거나 불에 태워버렸다. 때로는 농부가 밭갈이하는 모습을 나무에 새겨서 책상 옆쪽에 나란히 두고 온종일 눈여겨 바라보다가, 역시 통곡하면서 그것을 불태우곤 했다. 심어놓은 벼가 한창 자라서 이삭이 볼 만하게 팼는데, 어느 날에는 술에 취한 채 낫을 휘둘러 모조리 베어버리고는 목놓아 통곡했다. 이처럼 그는 예측하기 어려운 행동거지로 세상 사람들의 빈축을 샀다.

산에 살면서 손님을 만나게 되면 한양성 소식을 물었다. 그런데 자신을 욕하는 사람이 있다는 말을 들으면 반드시 얼굴에 화색이 돌았다. 그러나 거짓으로 미친 척하면서 마음속에 무언가 간직한 듯하다는 이야기를 전해주면 갑자기 눈썹을 찌푸리면서 기뻐하지 않았다. 높은 자리에 임명받은 사람이 혹여라도 신망 없는 것을 보면 어김없이 통곡하면서 "이 백성이 무슨 죄가 있기에 그가 그 자리를 맡았단 말인가" 하면서 안타까워했다.

당시 이름난 관료인 김수온과 서거정이 나라를 대표하는 선비인 국사(國士)로 칭송받고 있었다. 어느 날 서거정이 바야흐로 조정에 출근하느라 행인들을 물리치며 가고 있었다. 김시습은 남루한 옷에 새끼줄을 허리띠처럼 매고 폐양자(蔽陽子)[224]를 쓰고 가다가 저잣거리에서 그의 행차와 마주쳤다. 그러자 김시습은 고개를 들고 서거정을 향해서 소리쳤다.

"강중(剛中)[225]이, 편안한가?"

서거정이 수레를 멈추고 웃으며 대화를 나누자, 저잣거리의 모든 사람이 놀라서 눈을 동그랗게 뜨고 서로 쳐다보았다. 조정의 관료 중 한 사람이 모욕을 당하고 참을 수 없어서 김시습의 죄를 다스리자고 아뢰었지만, 서거정은 고개를 흔들며 이렇게 말했다.

"그만두시게. 미친 사람과 따질 만한 게 뭐가 있겠나? 만약 지금 이 사람에게 벌을 내린다면 백대(百代) 후에는 필시 공(公)의 이름에 누(累)가 될 거야."

김수온이 지성균관사(知成均館事)로 있을 때의 일이다. 그는 『맹자』의 첫 구절인 "맹자가 양혜왕을 뵈었다"[孟子見梁惠王]를 가지고 성균관의 여러 유생들을 시험했다. 어떤 상사생(上舍生)[226]이 삼각산에서 김시습을 만나 이렇게 말했다.

"괴애(乖崖)[227] 선생께서 장난을 좋아하십니다. '맹자가 양혜왕을 뵈었다'라는 구절이 어찌 글을 지을 논제(論題)에 합당하단 말입니까?"

그러자 김시습이 웃으면서 말했다.

"이 늙은이가 아니면 이런 논제를 출제할 사람이 없지."

그러고는 즉시 붓을 휘둘러 글을 한 편 써주면서 말했다.

"생원(生員), 자네가 이 글을 지었다고 하면서 한번 그 늙은이를 속여보시게나."

상사생이 그 말대로 김시습의 글을 제출했다. 김수온은 글을 다 읽

224　조선시대에 신분이 낮은 사람이 쓰던 하얀색 대나무 갓
225　서거정의 자
226　생원(生員)과 진사(進士)로서 성균관에 입학한 학생
227　김수온의 호

기도 전에 물었다.

"열경[김시습의 자]이 지금 한양의 어느 산사(山寺)에 머물고 있느냐?"

상사생이 숨길 수 없었으니, 그를 알아봄이 이와 같았다. 김시습의 대략적인 주장은, "양혜왕은 왕이 아닌데도 왕이라 참칭(僭稱)했으니 맹자는 그에게 가서 만나보면 당연히 안 되었다"라고 한 것이었는데, 지금은 그 글이 산일(散逸)[228]되어 수습하지 못했다.

김수온이 세상을 떠난 뒤 그가 앉아서 죽었다는 말이 사람들 사이에 돌았다. 그러자 김시습은 이렇게 말했다고 한다.

"괴애 늙은이는 욕심이 많으니 어찌 그런 일이 있겠는가. 설령 있었다 하더라도 앉아서 죽은 것은 예가 아니다. 나는 다만 죽음에 임해서 증자(曾子)가 자리를 바꾸었고[229] 자로(子路)가 갓끈 맨 것[230]을 들었을 뿐, 그 외에는 알지 못한다."

이는 김수온이 불교를 좋아했기 때문이라고 한다.

성화(成化) 17년(1481년, 성종 12) 김시습이 47세 되던 해의 일이다. 그는 갑자기 머리를 기르고 글을 지어 할아버지와 아버지의 제사를 지냈다. 제문의 대략적인 내용은 다음과 같다.

"황제께서 다섯 가지 가르침을 세상에 펴실 때 부자유친(父子有親)을 가장 으뜸으로 삼았으니, 삼천 가지의 죄가 있지만 그중에서도 불효(不孝)가 가장 큽니다. 무릇 하늘과 땅 사이에 살면서, 낳아주시고 길

---

228 흩어져 일부가 빠져 없어지다.

229 증자가 병으로 세상을 떠나기 직전, 자신이 깔고 누워 있던 자리가 예에 맞지 않는다면서 바꾸도록 한 고사로, 『예기』의 「단궁」(檀弓) 상권에 나온다.

230 자로가 죽음과 맞닥뜨렸을 때, 적의 창에 끊어진 갓끈을 다시 묶으면서 "군자는 죽을 때에도 갓을 써야 한다"라고 한 고사로, 『좌전』(左傳) 애공(哀公) 15년 조에 있는 이야기다.

러주신 부모님의 은혜를 누가 저버리겠습니까. 어리석은 소자는 조상의 대를 이어가야 했는데, 그만 이단에 빠졌다가 인생의 마지막에 와서야 비로소 후회합니다. 이에 예전(禮典)을 상고하고, 성현들의 경전을 찾아 먼 조상을 추모하는 큰 의례(儀禮)를 강구하여 정하고, 청빈한 생활을 잘 헤아려서 간소하면서도 정결하기를 힘쓰며 정성껏 음식을 마련했습니다. 한무제(漢武帝)는 70세에 비로소 전승상(田丞相)[231]의 말을 깨달았고 원덕공(元德公)은 백 세에 허노재(許魯齋)[232]의 풍모에 감화되었습니다."

그러고는 마침내 안씨(安氏) 집안의 딸을 아내로 맞았다. 그에게 벼슬을 권하는 사람이 많았지만, 김시습은 끝내 자신의 뜻을 굽히지 않고 예전처럼 세속에 구애받지 않으면서 자유롭게 살았다. 달 밝은 밤이면 『이소경』(離騷經)을 즐겨 음송(吟誦)[233]했는데, 음송이 끝난 뒤에는 반드시 통곡했다.

어떤 때는 송사를 하는 법정에 들어가서 잘못된 것을 가지고 옳다고 주장하며 궤변을 펼쳤다. 그때마다 반드시 이겼는데, 문서가 완성되면 크게 웃으면서 그것을 찢어버리기도 했다.

그는 저잣거리의 아이들과 함께 마음 내키는 대로 돌아다니다가 술에 취해 길가에 쓰러지곤 했다. 하루는 영의정 정창손(鄭昌孫)이 지나가는 것을 보고 크게 소리쳤다.

"이놈아, 그만두어라."

---

231 한무제 말년의 승상 전천추(田千秋)

232 원나라의 유학자 허형(許衡)

233 시가(詩歌) 등을 소리 높여 읊다.

정창손은 짐짓 못 들은 체했다. 사람들은 이 일을 위험하게 여겼고, 그와 교유를 나누던 사람들은 절교했다. 그러나 오직 종실이었던 수천부정(秀川副正) 이정은(李貞恩), 남효온(南孝溫), 안응세(安應世), 홍유손(洪裕孫) 등 몇몇 사람들은 시종일관 태도를 바꾸지 않았다.

남효온이 김시습에게 물었다.

"제 소견은 어떻습니까?"

김시습이 대답했다.

"창문 구멍으로 하늘을 엿보는 것이지."[234]

남효온이 또 물었다.

"동봉(東峯)[235] 선생의 소견은 어떻습니까?"

김시습이 말했다.

"나는 넓은 정원에서 하늘을 우러러보는 것이지."[236]

얼마 뒤 아내가 죽자 김시습은 다시 산으로 돌아가서 두타(頭陀)[237]의 모습을 하고 강릉과 양양 지역을 즐겨 노닐었는데 그중에서도 설악산, 한계산, 청평산 등에서 많이 머물렀다. 유자한이 양양부사로 재임할 때 그를 예로써 대우하며 다시 가업(家業)을 일으켜 세상에 행세하기를 권했지만, 김시습은 편지를 써서 이를 사절했다. 그 편지에 다음과 같은 내용이 담겨 있다.

"장차 긴 보습을 만들어 복령(茯苓)과 백출(白朮)을 캘 것입니다. 바

---

234 소견이 좁음을 말한다.

235 김시습의 호

236 식견은 높으나 행동은 아직 거기에 이르지 못했다는 점을 말한다.

237 스님처럼 머리를 깎고 눈썹을 가지런히 한 사람을 말한다.

라건대 모든 나무에 서리가 붙으면 중유(仲由)[238]의 따뜻한 솜옷을 손질하고, 온 산에 눈이 쌓이면 왕공(王恭)의 학창의(鶴氅衣)를 정리하렵니다. 뜻을 얻지 못하면서 살아 있는 것보다는 차라리 천하를 소요(逍遙)하면서 남은 생을 보내는 것이 낫습니다. 천년 후에 제 본뜻을 알아주길 바랍니다."

홍치(弘治) 6년(1493년, 성종 24) 홍산(鴻山) 무량사(無量寺)에서 병으로 누웠다가 세상을 마쳤으니, 그의 나이 59세였다. 화장을 하지 말라고 유언을 남겼기 때문에 절 옆에 임시로 빈소를 만들었다. 3년 뒤 장례를 치르기 위해 빈소를 열었는데, 얼굴빛이 마치 살아 있는 것과 같았다. 이를 본 스님들은 몹시 놀라 감탄하며 다들 그를 부처로 여겼다. 그리하여 불교의 다비(茶毗)[239] 예식에 따라 화장하고 뼈를 수습해서 부도(浮屠)[240]를 조성했다.

김시습은 살아생전에 자기가 늙었을 때의 자화상과 젊었을 때의 자화상을 손수 그리고 스스로 찬(贊)을 지어 절에 남겨두었는데, 찬의 마지막 부분에 이렇게 썼다.

"네 모습은 지극히 못생겼고, 네 말은 너무도 크구나. 너를 언덕과 구렁텅이에 버려둠이 마땅하도다."

그가 지은 시문은 여기저기 흩어져서 십 분의 일도 남지 않았는데, 이자(李耔), 윤상(尹祥), 윤춘년(尹春年) 등이 앞다투어 수집해서 세상에 내놓았다.

---

238 공자의 제자인 자로(子路)의 자
239 불가에서 시신을 화장하여 장례를 치르는 것
240 승려의 사리를 봉안하는 작은 승탑을 말한다.

신(臣) 이이(李珥)는 삼가 다음과 같이 생각합니다.

사람은 천지의 기운을 받아 태어나지만 기운의 맑음과 탁함, 두터움과 엷음이 같지 않기 때문에 태어나면서 아는 '생지'(生知)와 배워서 아는 '학지'(學知)의 구별이 생깁니다. 이것은 의리(義理) 차원에서 그러합니다. 김시습 같은 사람은 문장에 있어 하늘로부터 재주를 받았으니, 문자 분야에도 또한 생지(生知)가 있는 것 같습니다. 미치광이인 척하면서 세상을 피했으니 어찌 그 뜻이 가상치 않겠습니까. 그러나 유학의 가르침을 스스로 포기하고 방탕할 뿐 아니라 제멋대로 살아간 것은 무엇 때문이겠습니까? 비록 빛을 감추고 그림자를 숨겨서 후세 사람들이 김시습이라는 사람을 모르게 한들 그것이 무슨 아쉬움이겠습니까. 그 사람을 생각해보면 재주가 그릇 밖으로 흘러넘쳐서 스스로 지탱할 수 없었던 것이니, 태어날 때 가볍고 맑은 기운을 풍성하게 받았고 두텁고 무거운 기운은 모자라게 받은 탓이 아닐까 합니다. 그렇지만 그는 절의(節義)를 우뚝 세우고 윤기(倫紀)를 붙잡았으며 그 뜻을 궁구하여 일월(日月)과 빛을 다투었으며, 그의 풍모를 듣고 나약한 사람도 뜻을 세웠으니, 비록 백세의 스승이라고 해도 그리 지나친 말은 아닐 것입니다.

애석하여라! 영특하고 빼어난 자질을 가지고 학문과 실천의 공을 갈고닦았더라면 그가 이룬 성취를 어찌 헤아릴 수 있겠습니까. 아! 바른말과 준엄한 논의는 꺼리고 피해야 할 것도 범하고 건드렸으며, 공경(公卿)을 꾸짖고 비난하여 대체로 거리낌이 없었습니다. 그렇지만 당시에 그의 잘못을 거론하는 사람이 있었다는 말을 듣지 못했으니, 우리 선왕(先王)의 성대하신 덕과 보좌하는 어진 신하들의 커다란 도량은 지금과 같은 말세에 선비로 하여금 말을 공손하게 하는 것과 비교해볼 때 그 득실(得失)이 어떠하겠습니까. 아! 거룩하도다.

　만력(萬曆) 10년 7월 15일, 자헌대부(資憲大夫) 이조판서(吏曹判書) 겸(兼) 홍문관대제학(弘文館大提學) 예문관대제학(藝文館大提學) 지경연성균관사(知經筵成均館事) 동지춘추관사(同知春秋館事) 오위도총부도총관(五衛都摠府都摠管) 신(臣) 이이(李珥)가 임금님의 명을 받아 지어서 올립니다.

매월당선생전(梅月堂先生傳)[241]

윤춘년(尹春年)

선생의 성은 김(金), 이름은 시습(時習), 자는 열경(悅卿)이며 본관은 강릉으로 고려 때의 시중 김태현의 후손이다. 증조부는 안주목사를 지낸 김구주, 조부는 오위부장을 지낸 김겸간, 부친은 충순위를 지낸 김일성, 어머니는 장씨다. 선생은 선덕(宣德) 을묘년(乙卯年, 1435년, 세종 17)에 태어났는데, 생이지지(生而知之)[242]의 바탕이 있어서 세 살 때 시를 지을 수 있었다. 어린 시절 선생은 유모 개화(開花)가 맷돌로 보리 가는 것을 보고 낭랑하게 시를 읊었다.

비도 오지 않는데 천둥소리 어디서 울리는가?
누런 구름이 조각조각 사방으로 흩어지네.
無雨雷聲何處動 黃雲片片四方分

241 『매월당집』에 수록된 글
242 태어나면서부터 아는 것

이 이야기를 들은 사람들은 모두 신통하게 여겼다.

다섯 살에 세종께서 승정원으로 불러 시를 짓도록 시험한 뒤 크게 칭찬하셨다. 왕께서는 비단 50필을 하사하시면서 선생에게 혼자 힘으로 가져가라고 하셨다. 그러자 선생은 비단의 양쪽 끝을 이은 뒤에 그것을 끌고 나갔다. 이에 사람들은 더욱 기특히 여겼다.

길에서 어떤 노파가 두부를 건네며 먹으라고 하자 그 자리에서 이런 시를 지었다.

> 타고난 품성은 두 돌 사이에서 받았는데
> 둥글고 빛나는 것, 달이 동쪽에서 솟는 듯하여라.
> 용(龍) 삶고 봉(鳳) 구운 것보다야 못하지만
> 머리카락 빠지고 이빨 벌어진 늙은이에게는 제일 맞으리.
> 稟質由來兩石中 圓光正似月生東
> 烹龍炮鳳雖莫及 最合頭童齒豁翁

이에 선생의 이름이 온 나라를 흔들었으며 사람들은 그를 가리켜 '오세'(五歲)라고 하면서 감히 이름을 부르지 않았다.

선생은 훈련원 도정(訓鍊院 都正) 남효례(南孝禮)의 딸을 맞아 아내로 삼았다. 나이 스물한 살 때인 경태(景泰) 을해년(1455년)에 삼각산 중흥사(重興寺)에서 글을 읽고 있었는데, 한양을 다녀온 사람과 만난 뒤 선생은 즉시 문을 닫고 사흘 동안 밖으로 나오지 않았다. 어느 날 저녁에는 느닷없이 통곡하며 읽던 서적을 죄다 불태워버리고, 거짓으로 미친 체하면서 더러운 뒷간에 빠졌다가 그곳을 떠나버렸다. 그러고는 머리를 깎고서 승려가 되어 자신의 법명을 설잠(雪岑)이라 했다. 이후

양주의 수락사(水落寺)에서 있기도 하고 경주의 금오산(金鰲山)에 머물기도 하면서, 동쪽으로 갔다 서쪽으로 갔다 일정한 거처가 없었다. 여러 차례 호(號)도 바꾸었으니, 청한자(淸寒子), 동봉(東峰), 벽산청은(碧山淸隱), 췌세옹(贅世翁), 매월당(梅月堂) 등이다.

세조(世祖)께서 일찍이 운수천인도량(雲水千人道場)을 원각사(圓覺寺)에서 베풀었는데, 여러 승려들이 입을 모아 말하기를, "이번 모임에 설잠(雪岑)이 없을 수 없다"라고 하자 마침내 세조가 선생을 부르라고 명했다. 하지만 선생은 이곳으로 왔다가 스스로 절 뒷간에 빠졌으므로, 승려들은 그가 미쳤다고 여기며 내쫓았다. 그럼에도 선생의 공부는 더욱 깊어지고 명성도 더욱 멀리 들려서 도(道)를 묻고자 그를 찾는 사람들이 천백(千百)을 헤아렸다. 그럴수록 선생은 일부러 미친 체하여 경망하고 조급하게 굴었고, 어떤 때는 나무나 돌로 치려고 했으며, 어떤 때는 활을 당겨 쏘려고도 해서 그들의 뜻을 시험했다.

제자 중에 선행(善行)이라는 자가 있었는데, 선생을 여러 해 동안 섬기면서 비록 회초리질을 당하더라도 끝내 떠나가지 않았다. 어떤 사람이 괴이하게 여겨 그 이유를 물으니, 선행은 이렇게 답했다. "우리 스승님이 전에 산에 계실 때 작은 표주박에 물을 담아놓고 부처님 전에 꿇어앉아 아침부터 밤까지 사흘이나 머무셨습니다. 선정(禪定)에 드는 것이 이와 같다면 우리 스승님이야말로 곧 부처님입니다. 제가 마음으로 탄복하여 떠나갈 수 없지요."

선생은 시학(詩學)을 시간 날 때 하는 여사(餘事)라 여겼지만 작품을 보면 격(格)이 높고 사상이 오묘하여 보통 사람들의 생각으로부터 멀리 벗어나 있었다. 흥을 펴내고 감회를 풀어냄에 마음대로 붓을 휘둘러 종이가 없어질 때까지 쓰다가 작품이 완성되면 문득 불에 태워버

렸기 때문에, 선생의 작품은 세상에 많이 전하지 않는다.

성화(成化) 신축년(1481년)에는 머리카락을 기르고 환속했다. 제문(祭文)을 지어서 자신의 조부와 부친에게 제사를 지냈고, 마침내 안씨(安氏)의 딸을 아내로 삼았으며, 속세의 저잣거리를 출입했다. 하루는 술을 마시고 저잣거리를 지나다가 영의정 정창손을 보고는 그를 불러 이렇게 말했다. "너 같은 놈은 마땅히 그만두어야 한다."

간혹 달이 밝은 밤에는 『이소경』(離騷經)을 낭송하다가 갑자기 통곡하기도 했다. 그 뒤 아내가 세상을 떠나면서 의지할 곳이 없어지자 다시 산으로 돌아갔다. 홍치(洪治) 계축년(1493년) 2월 홍산현(鴻山縣) 무량사에서 세상을 떠났는데, 화장하지 말라는 유언을 남겼다. 선생은 평소에 늙은 모습과 젊은 모습으로 된 초상화 두 점을 손수 그리고, 스스로 찬(贊)을 지어서 절에 남겼다. 그와 함께 어울리던 선비는 홍유손(洪裕孫)[243]과 남효온(南孝溫)[244]이며, 승려로서 제자가 된 이는 도의(道義)와 학매(學梅)가 있다. 세상에서는 선생이 환술(幻術)을 많이 부리는 사람이라고 생각하면서 능히 사나운 범을 부리고, 술을 피로 만들 수 있으며, 기운을 토해서 무지개가 되게 하고, 오백나한(五百羅漢)을 맞아올 수 있다고 했지만, 이 또한 믿을 수 없는 일이다.

---

243 자는 여경(餘慶)

244 자는 백공伯恭)

「사우명행록」(師友名行錄)[245] 중에서

김시습은 강릉 사람으로 신라 왕족의 후예다. 나보다 스무 살이 많다. 그의 자는 열경(悅卿)이고, 호는 동봉(東峯), 벽산청은(碧山淸隱), 또는 청한자(淸寒子)라고 했다. 세종 을묘년(1435년)에 태어났으며, 다섯 살에 문장을 엮을 줄 알았다. 세종이 승정원에 불러들여 시를 짓게 하시고 크게 기특히 여겨서 그의 아버지를 불러 하교하셨다. "이 아이를 잘 기르라. 내가 장차 크게 쓰리라."

을해년(1455년) 세조(世祖)가 정권을 잡자 불문(佛門)에 들어가 법명을 설잠(雪岑)이라 하고, 수락산의 절에서 불도를 닦으며 몸을 수련했다. 그렇지만 유생을 보면 말끝마다 공자와 맹자를 언급하면서도 불법에 관해서는 입에 올리지 않았으며, 사람들이 도 닦는 것에 대해 질문하면 즐겨 말하지 않았다.

괴애 김수온이 앉아서 죽은 일을 어떤 사람이 언급하자 김시습은

---

245 조선 전기의 문신이자 생육신인 남효온(1454-1492)이 당시 명사들의 생애를 간략히 서술한 인명록으로 『추강집』(秋江集) 권7에 있다.

이렇게 대꾸했다. "앉아서 죽는 것은 예(禮)에서 귀하게 여기지 않는다. 나는 단지 증자(曾子)가 죽기 전에 자신이 깔고 앉아 있던 자리를 똑바로 한 일이라든지, 자로(子路)가 갓끈을 바로 묶은 뒤에 죽었다는 사실을 귀하게 여길 뿐, 그 외에는 알지 못하겠다."

신축(1481년) 연간에는 환속해서 육식을 하고 머리카락을 길렀다. 조부를 제사하는 글을 지었는데, 내용은 다음과 같다. "엎드려 생각건대 순임금은 다섯 가지 가르침을 펴면서 어버이에 대한 내용을 첫머리에 두셨고, 3천 가지의 죄를 나열하되 불효를 가장 큰 죄로 여겼습니다. 무릇 하늘과 땅 사이에 살면서 누가 길러주신 은혜를 저버리겠습니까. 그러므로 악독한 짐승으로는 범과 늑대보다 더한 것이 없고 작은 충성으로는 승냥이와 수달보다 나은 것이 없습니다. 능히 제 어버이를 사랑하는 품성을 온전히 가졌으며 또한 근본에 보답하려는 정성을 삼가 행했으니, 하늘로부터 타고난 이치가 원래 그러한 것이어서 물욕(物欲)이 이를 덮기 어려운 법입니다. 엎드려 생각건대 이 미련한 소자(小子)는 근본과 가지의 계통을 이어받았지만 젊은 시절 이단에 빠져 어리석게도 배우지 아니했음을 슬퍼하면서 장차 도(道)를 닦아 세상에 드러나고자 합니다. 그리고 윤회설과 같이 황당한 학설이 없다는 점을 깨달았습니다. 장년(壯年)에 들어서는 하는 일 없이 세월만 보내다가 늙어서야 비로소 뉘우쳤습니다. 그래서 예전(禮典)을 상고하고 성인의 경전을 찾으며 먼 조상을 추모하는 큰 의례를 정한 뒤 가난한 생활을 참작하여 간소하면서도 깨끗이 하고자 힘쓰며 정성껏 제수를 차렸습니다. 한무제는 70세 때에 비로소 전승상의 말을 깨달았다고 하며, 원나라 덕공은 백 세가 되어서야 허노재의 풍도에 감화했다고 합니다. 서리와 이슬이 내리는 것을 느끼고 세월의 지나감을 근심하니, 놀랍고도 황공함이 끝이 없어 자못 한탄할 따름입니다. 만약 지난 허물을 속죄하여 하늘과 땅 사이에서 용납된다면, 면목을 세워서 저승에서나마 조상 어르신들을 뵙길 바랍니다."

임인년(1482년) 이후부터는 세상이 쇠락해가는 것을 보고 속세의 일은 하지 않으며 인간 세상에 버려진 사람처럼 살아갔다. 날마다 다른 사람과 장예원(掌隸院)²⁴⁶에서 소송을 벌인 일도 있었다.

하루는 술을 마시고 저잣거리를 지나다가 영의정 정창손을 만나자 이렇게 말했다. "너 같은 놈은 그만두어야 마땅하다." 정창손은 못 들은 척하고 자리를 피했다. 전부터 교유하던 이들도 이 일을 위험하게 여겨서 그와 절교하고 왕래하지 않았다.

김시습은 홀로 저잣거리의 미치광이 같은 아이들이나 만나 놀면서 술에 취해 길가에 쓰러져 있었으며, 늘 어리석은 체하면서 웃고 지냈다. 훗날 설악산에 들어가기도 하고, 춘천의 청평산에서 살기도 했는데, 드나드는 때가 일정하지 않다 보니 사람들은 그의 정처를 알지 못했다. 그가 좋아한 사람은 정중(正中)²⁴⁷, 자용(子容)²⁴⁸, 자정(子挺)²⁴⁹ 그리고 나 같은 이들이었다. 그가 지은 시문은 수만여 편이나 되었는데, 이리저리 옮겨 다니는 사이에 거의 다 흩어져 없어지고 말았다. 조정의 신하들과 유생들이 간혹 그의 글을 훔쳐다가 마치 자기의 작품처럼 써먹기도 했다.

---

246 조선 시대에 노비 관련 문서와 소송을 담당하던 정삼품의 관아
247 태종의 손자이자 조선 전기의 문신 이정은(李貞恩, ?-?)
248 조선 전기의 학자 홍유손(洪裕孫, 1431-1529)
249 조선 전기의 유학(幼學, 벼슬하지 않은 유생) 안응세(1455-1480)

『전등신화』 뒤에 쓰다²⁵⁰

– 제전등신화후(題剪燈新話後)

김시습

산양(山陽)의 군자(君子)²⁵¹가 베틀과 북²⁵²을 놀려

손수 등불 심지 잘라가며 기이한 말 썼네.

문(文)이 있고 소(騷) 있고 기사(記事)도 있으니

놀이와 우스갯소리에 차례와 순서 있어라.

봄날 꽃봉오리처럼 아름답고 구름처럼 변화하여

풍류스러운 이야기의 핵심, 단박에 드러냈다.

---

250 김시습이 『전등신화』(剪燈新話)를 읽고 남긴 시로, 『매월당시집』권 4에 수록되어 있다.
『전등신화』는 1378년경에 명나라 문인 구우(瞿佑, 1347-1433)가 지은 전기체(傳奇體) 형
식의 단편 소설집이다. 당나라 전기 소설을 본떠 고금의 괴담과 기문을 엮었으며, 전 40권
이었으나 현재는 4권 21편만 남아 있다. 남녀 사이의 애정사를 담은 이야기가 많으며, 각
이야기의 말미에 저자의 평을 수록했다. 조선 전기에 전해져서 문인들에게 큰 영향을 주
었는데, 특히 연산군이 이 작품을 좋아했다는 사실은 잘 알려져 있다. 구우는 박학다재해
서 주왕부(周王府)의 우장사(右長史)를 지냈으나, 시화(詩禍)로 18년간 유배되기도 했다.
『전등신화』를 비롯해 『영물시』(詠物詩), 『귀전시화』(歸田詩話) 등을 남겼다.

251 구우를 지칭한다. 구우는 전당(錢塘, 지금의 저장성 항저우) 출신인데, 일설에는 산양(山陽,
지금의 장쑤성 화이안) 출신으로 전하기도 한다.

252 기(機)는 베틀, 저(杼)는 베를 짤 때 사용하는 북으로, 기저(機杼)는 베 짜는 것을 말하는데,
여기서는 글짓기를 의미한다.

처음엔 근거가 없는 것 같다가도 뒤에는 맛이 있으니

아름다운 경계는 흡사 달콤한 사탕수수[甘蔗] 같아라.

용의 싸움, 귀신의 수레, 꿩들의 변괴 등을

공자께서 삭제하지 않은 것은 진실로 이유가 있지.

세상 교화에 관계된 말이면 괴이해도 무방하고

사람을 감동시키는 일이면 허황해도 기뻐할 만하네.

일찍이 하간[253]에 음탕한 노래 기록한 것 보았고

모영[254]이 무시옹[255]을 기록한 것도 보았네.

큰 박이 텅 빈 건 칠원(漆園)의 관리[256]고

괴이하게 하늘에 물었던 것은 삼려자(三閭子)[257]였지.

또한 이 이야기 읽어보니 옛사람의 발자취를 밟은 것이라,

도깨비는 날고 뛰며 고기와 용은 춤추는구나.

굴원과 장자를 올라타고 한유와 유종원 뛰어넘으며

삼십육 봉우리 무산(巫山)에서 비구름 달려가네.[258]

---

253 『시경』 중 「하간」(河間)과 「복상」(濮上) 두 편에 수록된 시는 음란한 것으로 알려졌지만, 공자는 이를 삭제하지 않고 책에 수록했다.

254 모영(毛穎)은 붓을 지칭하는 말로, 한유가 지은 의인체 산문 「모영전」(毛穎傳)에 나온다.

255 무시옹(亡是翁)에서 '망'(亡)은 '무'(無)로 읽고 해석한다. 사마상여(司馬相如)의 「자허부」(子虛賦)에 오유선생(烏有先生)과 무시옹(亡是翁)의 문답이 있는데, '오유'와 '무시'는 모두 존재하지 않는다는 뜻이다.

256 칠원의 관리는 노자(老子)를 말한다. 여기서 큰 박은 원래 『장자』의 「소요유」(逍遙遊) 편에 나오며, 텅 비고 커서 헤아릴 수 없는 것을 비유한 말이다.

257 초나라에서 삼려대부(三閭大夫)를 지낸 굴원(屈原)을 말하는데, 그는 〈천문〉(天問) 편을 지었다.

258 초나라 양왕이 무산에서 신녀를 만나 운우의 즐거움을 누린 고사

도씨 벽엔 북이 날아가고[259] 온교(溫嶠)[260]는 무소뿔 태웠으며

귤 심던 늙은이 처음으로 용근포(龍根脯)를 먹었네.

간담(肝膽) 뭉뚱그려 조화를 저축했다가

맑고 넓은 붓 아래엔 낮 벌[蜂]을 연기 쏘이네.

김취(金翠)[261]의 무덤 앞엔 내와 산이 아름답고

나조(羅趙)[262]의 집 가운데는 이끼 풀이 가늘다오.

취경원 밖에는 연꽃 향기 향긋하고

추향정[263] 가에는 달빛 희구나.

사람으로 이걸 보면 마음이 아득해지거니

허깨비와 거품 기이한 형적이 눈에 있는 듯하리라.

홀로 산당(山堂)에 누워 봄꿈에서 깨었는데

나는 꽃 두어 조각, 상 머리에 점 찍네.

한 편(篇)만 읽어도 이를 열어 웃을 만하니

---

259 동진(東晉)의 명장이자 도연명(陶淵明)의 증조부인 도간(陶侃)이 강에서 고기를 낚다가 배를 짤 때 사용하는 북[梭]을 얻어 벽에 걸어놓았더니, 나중에 그것이 용이 되어 날아갔다는 이야기가 전한다.

260 동진(東晉) 때 도간(陶侃)과 같은 시대의 장군이다. 『진서』(晉書)「온교전(溫嶠傳)」에 전하기로는, 우저(牛渚)의 물이 매우 깊은데 그 속에 많은 괴물이 산다는 말이 세상에 전해온다고 했다. 온교가 이곳에 가서 무소뿔에 불을 붙여 비추었더니 순식간에 물속 괴물들이 기이한 형상을 드러냈다고 한다.

261 김(金)은 『전등신화』 속「취취전」(翠翠傳)의 김정(金定)이라는 청년을, 취(翠)는 그와 사랑에 빠지는 유취취를 말한다.

262 『전등신화』 속「애경전」(愛卿傳)의 등장인물인 나애경(羅愛卿)과 조(趙)씨의 아들을 함께 지칭하는 말이다. 이야기에서 "나애경은 가흥(嘉興)의 명창이며, 재주와 용모가 당대 최고였다"라고 했으며, 또 "같은 군에 조씨의 아들이 있었는데 그 또한 지체가 높은 집안 출신이다"라고 했다.

263 취경원은 『전등신화』 속「등목취유취경원기」(騰穆醉遊聚景園記)에, 추향정은 「추향정기」(秋香亭記)에 등장하는 장소다.

나의 평생 뭉친 가슴을 쓸어 없애주리라.

山陽君子弄機杼 手剪燈火錄奇語

有文有騷有記事 遊戲滑稽有倫序

美如春葩變如雲 風流話柄在一擧

初若無憑後有味 佳境恰似甘蔗茹

龍戰鬼車與雛雉 夫子不刪良有以

語關世敎怪不妨 事涉感人誕可喜

曾見河間記淫奔 復見毛穎錄亡是

濩落大瓠漆園吏 怪詭天問三閭子

又閱此話踵前踐 夔罔騰逴魚龍舞

上駕屈莊軼韓柳 六六巫山走雲雨

陶壁飛梭溫然犀 橘叟初喫龍根脯

輪困肝膽貯造化 澹蕩筆下煙蜂午

金翠墓前溪山麗 羅趙宅中苔草細

聚景園外荷香馥 秋香亭畔月色白

使人對此心緬邈 幻泡奇踪如在目

獨臥山堂春夢醒 飛花數片點床額

眼閱一篇足啓齒 蕩我平生磊塊臆

『금오신화』에 부쳐[264]

─ 제금오신화(題金鼇新話)

김시습

작은 집 푸른 담요에 온기가 남았는데

창에 가득 매화 그림자, 달이 막 밝아온다.

등잔불 돋우며 밤새도록 향 피우고 앉아

인간 세상에서 본 적 없는 글을 한가롭게 짓노라.

矮屋靑氈暖有餘

滿窓梅影月明初

挑燈永夜焚香坐

閑著人間不見書

옥당(玉堂)[265]에서 붓 놀릴 마음 이미 없나니

소나무 비낀 창에 단정히 앉으니 밤은 정녕 깊어라.

264 『매월당시집』 권6에 수록되었다

265 조선 시대 삼사(三司) 중에서 궁중의 경서나 문서 등을 관리하고 임금의 자문에 응하는 일을 맡아보던 관아인 홍문관(弘文館)의 별칭

청동 향로에 향 꽂으니 검은 책상 정갈한데

풍류롭고 기이한 말 자세하게 찾아낸다.

玉堂揮翰已無心

端坐松窓夜正深

香揷銅瓶²⁶⁶烏几

風流奇話細搜尋

266 瓶(병)은 『매월당집』 판본에 "金+瓦"로 되어 있다. 이런 글자는 없지만, 대개는 瓶으로 읽기 때문에 이와 같이 번역했다.

김시습의 삶과 『금오신화』의 문학적 의미

김풍기

1. 뜻을 펴지 못한 비운의 천재

김시습(金時習, 1435-1493)의 자는 열경(悅卿), 호는 매월당(梅月堂), 청한자(淸寒子), 동봉(東峯), 췌세옹(贅世翁), 벽산청은(碧山淸隱) 등이며 본관은 강릉이다. 생애 대부분을 스님으로 지내면서 설잠(雪岑)이라는 법호를 썼다. 그는 단종에 대한 절의를 지켜 평생을 은거하고 방랑하며 살아갔기 때문에 생육신(生六臣)[267]이라고 평가받는다. 이 일로 정조 때 이조판서에 추증(追贈)되었으며(1782년), 청간(淸簡)이라는 시호를 받기도 했다(1784년).

김시습은 1435년(세종 17) 한양에서 김일성(金日省)과 선사 장씨(仙槎張氏, 울진 장씨)의 장남으로 태어났다. 기록에 따르면, 아버지 김일성은 충순위(忠順衛)라는 군직(軍職)을 음보(蔭補)[268]로 받았는데, 이는 김시습

---

267 세조가 단종으로부터 왕위를 빼앗자 벼슬을 버리고 절개를 지킨 여섯 신하로, 이맹전, 조여, 원호, 김시습, 성담수, 남효온 또는 권절을 이른다.

268 조상의 덕으로 벼슬을 얻는 것 또는 그 벼슬

의 조부 김원간(金元侃)[269]이 오위부장(五衛部將)을 지낸 덕분으로 보인다. 하지만 그는 병 때문에 벼슬길에 나서지 못했다고 한다. 부친과 조부가 무반 벼슬을 지낸 걸 보면, 김시습이 세간에 알려진 것처럼 한미한 집안 출신은 아닌 듯하다. 이런 환경에서 자라난 그는 일찍부터 과거급제를 목표로 학문에 매진했다.

김시습은 어렸을 때부터 신동(神童)으로 이름이 높았다. 5세 무렵부터 당대의 뛰어난 학자였던 이계전(李季甸, 1404-1459), 조수(趙須, ?-?) 등에게 유교 경전을 배웠다. 정승을 지내던 허조(許稠, 1369-1439)가 찾아와 그의 명민함을 확인했고, 세종이 승정원을 통해 그의 문재(文才)를 점검한 뒤 칭찬하며 비단을 하사하기도 했다. 이후 김시습에게는 '오세신동'(五歲神童)이라는 별칭이 붙었고, 사람들은 그를 본이름 대신 '김오세'(金五歲)라고 불렀다.

10대 후반부에 접어들면서 탄탄대로를 걷던 그의 인생에 먹구름이 끼기 시작했다. 15세경에 어머니가 세상을 떠났고, 시묘를 마친 뒤 18세에는 호남 지방을 두루 돌아다니며 고승들을 만나 불교를 접했다. 이즈음 훈련원 도정 남효례(南孝禮)의 딸과 혼인하고(결혼 생활은 길지 않았다), 1453년에는 과거에 응시했으나 낙방의 고배를 마셨다. 마음을 다잡고 삼각산 중흥사로 가서 과거 공부에 매진하던 중 1455년 단종이 수양대군에게 왕위를 넘겼다는 소식을 듣게 되었다. 크게 절망한 그는 읽던 책을 모두 불살라버리고 집을 떠나 강원도 김화(오늘날의 철원) 복계산의 골짜기로 들어갔다. 그리고 1456년(세조 2) 사육신사건

---

269 이이의 「김시습전」과 윤춘년의 「매월당선생전」에는 김겸간(金謙侃)이라고 기록되었으나, 『매월당집』의 세계도(世系圖, 한국고전번역원의 '한국고전종합DB' 참고)에 따르면 조부는 김원간인 듯하다. 김겸간은 종조(할아버지의 남자 형제)로 보인다.

이 일어나자 훌훌 털고 방랑길에 올랐다. 이때 이미 승려의 신분으로 다닌 듯하다. 관서 지방을 두루 돌아보고, 다시 관동 지방을 유람하고, 자기의 관향(貫鄉)[270]이기도 한 강릉 지방을 돌아본 뒤 그는 발걸음을 남쪽으로 돌렸다.

전국을 방랑하던 김시습은 1462년(세조 8) 경주 금오산(지금의 경주 남산) 용장사(茸長寺)[271]에 터를 잡았고, 1465년(세조 11)에는 금오산실(金鰲山室)을 짓고 은거하며 저술에 몰두했다. 『금오신화』는 바로 이 시기의 산물이다. 1472년(성종 3) 봄에는 새 조정에서 일하겠다는 포부를 안고 상경했으나 뜻을 이루지 못했다. 꿈이 좌절되자 1472년부터 수락산에 터를 잡고 은거한다.

47세가 되던 1481년(성종 12), 김시습은 돌연 환속을 결심한다. 조상의 제사를 모시는 한편 안씨(安氏)와 재혼하고, 수락산 옆에 폭천정사(瀑泉精舍)를 마련해 농사를 지으며 평범한 인간으로 살아가고자 애쓴다. 그러나 1년 만에 안씨가 세상을 떠나고 세속의 삶이 만만치 않음을 느낀 그는 다시 승려 행색으로 방랑 생활을 시작한다. 강원도 춘천으로 가서 한동안 청평사에 머무는가 싶더니 다시 영동 지방을 떠돌다가 양양에 잠시 정착한다. 몇 년 뒤 다시 자리를 옮겨서 홍산현(오늘날의 충청남도 부여) 무량사에서 지내다가 1493년 3월, 향년 59세를 일기로 세상을 떠났다. 승려들이 불교식으로 장례를 치렀는데, 지금도 무량사에는 그의 부도가 남아 있다.

---

270 시조(始祖)가 난 곳
271 용장사에는 김시습 외에도 신라 경덕왕 때의 고승인 태현(太賢)에 얽힌 설화가 전한다.

2. 경주 금오산 은거의 의미

수양대군이 왕으로 등극한 뒤 어지러운 세태에 깊이 절망해서 방랑하던 김시습은 28세 때인 1462년 경주 금오산에 정착한다. 정확한 시기까지는 비정하기 어렵지만, 『유금오록』(遊金鰲錄) 앞부분에 수록된 작품으로 미루어 보면 아마도 용장사 경실(經室)에 의탁한 듯하다. 그는 이곳으로 오기 직전 순천 송광사에 들러 준상인(峻上人)과 불교에 대해 깊이 토론하며 생각을 나누었다. 준상인은 호남 지역에서 은거하며 수행하다가 한양으로 올라와 사람들에게 존경받았던 인물이다. 김시습은 모친상을 마치고 1452년 송광사에서 준상인에게 불법(佛法)을 배웠는데, 10여 년 만에 송광사에서 그와 재회한 것이다. 김시습은 방랑을 시작한 뒤로 불교에 대한 학식이 상당한 경지에 올랐으리라 추정할 만한 작품 20수를 지어 준상인에게 주었다. 뿐만 아니라 그 사이 김시습은 승려로서 불교계 안팎으로 상당한 명성을 얻었다. 금오산에 은거하기 시작한 이듬해인 1463년 가을, 효령대군(1396-1486)의 추천으로 한양에서 『법화경』(法華經) 언해 사업에 참여하기도 했다. 이 사건은 '설잠'이라는 법명의 승려 김시습이 경전에 능통한 인물로 널리 알려졌다는 사실을 여실히 보여준다.

앞서 언급한 것처럼, 김시습의 금오산 은거기가 중요한 이유는 그의 사상적 고민과 행적에 대한 내적갈등이 심했던 시기였기 때문이다. 세상에서 커다란 상실감을 느낀 그는 불교에 깊이 천착하는 한편 그 속에서 현실의 대안이 될 가치를 찾으려고 애썼다. 또한 그는 단지 금오산에 은거하며 세월을 보내기만 한 것이 아니었다. 한양에서 공적인 일로 부르면 즉시 달려가 도왔고, 권력자들과도 계속 연을 이어갔다. 물론 한양에서 권력자들과 만난 뒤에는 자신의 행동에 대한 후

회가 뒤따랐던 것 같다. 세조가 한양을 떠나 경주로 출발한 김시습에게 돌아오라는 명령을 내렸지만 끝내 뿌리치고 떠난 일화에서 그 점을 짐작할 수 있다.

금오산 은거기뿐 아니라 다른 시기에도 김시습의 시문(詩文)에서는 승려로서의 삶과 유자(儒者)로서의 삶 사이의 갈등이 짙게 배어난다. 그러나 방랑을 시작한 뒤 관서, 관동, 호남 지방을 여행할 때 쓴 글에서는 금오산 은거기의 작품에 비해 갈등 양상이 심하게 나타나지 않는다. 따라서 불교를 공부하고 산천을 방랑하는 동안 품었던 생각이 은거기를 거치며 승려-유자 사이의 정체성에 대한 갈등으로 이어졌다고 볼 수 있다. 그가 은거하기로 마음먹은 것도 승려의 삶을 살아가겠다는 결심을 굳히려는 의도로 보인다. 그는 자신의 거처에 매화, 대나무, 장미, 잣나무, 삼나무 등을 심어 가꾸는 한편, 당나라 문인 육우(陸羽, 733-804)의 『다경』(茶經)을 읽으면서 차나무를 길렀다. 이때의 생활을 읊은 작품들 중에는 속세에 대한 관심이나 갈등을 드러낸 것도 있지만, 대부분은 은거자의 품격을 보여준다. 이런 그의 삶은 유학자들과 교유하면서 점점 알려졌고, 어느 순간 한양 인근의 지식인들에게 설잠이라는 법명이 제법 유명해졌다.

금오산 기슭에 은거하는 동안 김시습은 한양을 두 차례 방문했다. 1463년 가을, 효령대군의 추천으로 『법화경』 언해 작업에 참여한 것이 첫 번째다. 이 시기의 시문을 보면 김시습은 서책을 구하려고 한양 창덕궁 인근의 향교동에 임시 거처를 마련한 듯하다. 이는 내불당에서 열흘 남짓 『법화경』을 언해하던 시기와 겹친다. 따라서 서책 구입과 『법화경』 언해 작업 중 무엇이 우선순위였는지는 명확히 알 수 없다. 아무튼 첫 번째 한양 방문은 효령대군 및 『법화경』 언해와 관련이 있는데, 여기서는 두 가지를 확인할 수 있다. 하나는 김시습이 불경에 깊은 이해가 있다고 인정받는 승려였다는 점, 다른 하나는 김시습의 시선이 산사(山寺)에서 세속으로 향하기 시작했다는 점이다.

두 번째 한양 방문은 1465년 봄에 이루어졌다. 김시습은 원각사 낙성회에 참여했는데, 이 또한 효령대군의 권유 때문이었다. 이때 그는 세조에게서 계권(契券), 즉 승려의 신분을 증명하는 도첩(度牒)을 받았고, 효령대군의 후원으로 상당량의 도서를 구입했다. 세종 이후 교서관(校書館)에서는 사대부들에게 유교를 널리 펴기 위해서 본인이 종이를 가지고 가면 책판으로 찍어주는 제도를 시행하고 있었다. 조정에서 사용하고 남은 책은 판매하기도 했다. 이런 분위기 속에서 김시습은 유교 경전과 성리학 서적들을 구입했을 것이다. 그가 금오산으로 돌아갈 때 세조가 한양으로 귀환하도록 명을 내렸지만, 그것을 거부했던 행적도 확인된다. 산사와 속세 사이에서 갈등하던 김시습이 어째서 왕명을 듣지 않고 금오산으로 돌아갔는지 명확하게 입장을 밝힌 글은 없다. 그렇지만 만약 세조의 명에 따라 한양으로 돌아갔더라면, '설잠'이라는 승려로서의 명성은 드높아졌을지언정 유자로서의 삶으로 돌아가기는 더욱 요원해졌으리라는 점 역시 충분히 짐작할 만하다. 두 번째 방문에서 그는 당대 최고의 문인 서거정(徐居正)과 친밀한 교유를 나누었다. 이 시기에 지어진 서거정의 한시를 보면 김시습을 유자가 아니라 승려로 대우했다는 것을 분명하게 알 수 있다.

경주에 은거하면서도 몸과 마음은 한양을 오가는 일이 잦아졌는데, 이는 훗날 환속으로 연결되는 심적 계기에 영향을 준 듯하다. 금오산에서 나와 한양성 동쪽 폭천정사에 은거하던 1473년 봄, 『유금오록』을 편찬한 뒤 붙인 발문에서 그는 이렇게 말했다.

김시습이 머물렀던 경주 금오산 용장사는 당시 규모가 꽤 큰 절이었으나 현재 터만 남아 있다. 절을 감싸고 뻗은 동쪽 봉우리에 용장사곡삼층석탑이 우뚝 서 있다(ⓒ 국립문화재연구소).

금오산에 살면서부터 멀리 노니는 것을 좋아하지 않게 되었는데, 한기(寒氣)에 맞아서 질병까지 계속 이어졌다. 그저 바닷가에서 한가히 노닐고, 성 안팎을 마음대로 돌아다니며 매화를 찾고 대나무를 방문하면서 항상 시를 읊조리고 술에 취하는 것으로 즐거워할 뿐이었다. 신묘년(辛卯年, 1471년, 성종 2) 봄에 한양으로 들어오라는 요청을 받았던 일 때문에, 임진년(壬辰年, 1472년, 성종 3) 가을 성동(城東)의 폭천정사(瀑泉精舍)에 터를 잡아 집을 짓고 은거하며 일생을 마치려 한다.

이 글에서도 드러나는 것처럼 금오산에서 매죽(梅竹)을 심고 취음(醉吟)하며 살던 김시습은 '한양으로 들어오라는 요청' 때문에 결국 한양 부근으로 거처를 옮겼다. 그렇지만 요청받은 시점과 거처를 옮긴 시점 사이에 1년 반이라는 시간차가 있는 것을 감안하면, 속세에 나아갈 것인지를 두고 오랫동안 고민한 듯하다. 누구의 요청인지 알 수는 없지만, 이 시기는 성종이 등극한 이듬해였으니 김시습은 새 시대에 대한 기대를 품고 있었을 것이다. 훗날 그는 양양부사 유자한(柳自漢)에게 보낸 편지에서 이때의 심정을 이렇게 술회했다. "지금 임금님(성종을 지칭함)께서 왕위에 오르시어 어진 사람을 등용하고 신하들의 간언을 따르시자 저도 벼슬에 나아가기로 마음먹고 십여 년 전에 공부하던 육경(六經)을 다시 꺼내어 열심히 익혀서 조금씩 정밀해지고 있습니다. 또한 종사(宗祀)를 받드는 데에도 제가 중한 역할을 해야 하는 까닭, 장차 벼슬을 해서 선조의 제사를 지내려 했습니다."

세월이 흐른 뒤의 진술이기는 하지만, 김시습은 승려로서 방랑과 수행을 하던 중에도 유자로서의 삶에 대한 관심을 완전히 끊지는 않았다. 이런 태도가 가장 분명하게 나타난 시기는 경주 금오산에 은거하던 때였고,『유금오록』에 수록된 한시에도 그의 갈등 양상이 잘 드러나 있다. 이렇게 많은 생각과 행적으로 고민하던 때에 바로 우리 문학사의 명저『금오신화』가 탄생했다.

3. 상상과 현실의 절묘한 만남,『금오신화』

(1)『금오신화』가 전승된 이력

우리나라 최초의 소설로 일컬어지는 김시습의『금오신화』는 대부분의 독자가 어린 시절부터 누누이 듣고 수업 시간에 배웠던 작품이기에, 읽어보지는 않았더라도 제목은 익숙할 것이다. 이 책에는 총 다섯 편이 담겨 있다. 「만복사저포기」(萬福寺樗蒲記), 「이생규장전」(李生窺牆傳), 「취유부벽정기」(醉遊浮碧亭記), 「남염부주지」(南炎浮洲志), 「용궁부연록」(龍宮赴宴錄)이다. 우리나라 전기문학(傳奇文學)[272]의 전통을 이으면서, 동시에 명나라 문인 구우(瞿佑, 1347-1433)가 지은『전등신화』(剪燈新話, 1378년경)의 영향을 받아 창작한 단편들이다. 영향을 받은 정도는 작품마다 다르지만, 대부분 시간적 배경이 고려와 조선이고, 우리나라의 산천을 공간적 배경으로 삼았으며, 한국적인 소재와 당대 현실을 반영한 주제의식 등으로 미루어 볼 때,『금오신화』가 우리 문학사의 중요한 성과라는 점은 분명하다.

기묘하게도『금오신화』는 오랫동안 '신비의 책'으로 남아 있었다. 사람들은 이 책을 읽고 싶어 했지만 쉽게 접할 수도 없었거니와 심지어 실체가 있는지조차 알 수 없었다. 처음부터 그랬던 것은 아니다.

---

272 공상적이고 기이한 소재를 토대로 내용을 흥미 있게 쓴 문학

앞서 인용한 김안로의 글을 비롯해 조선 전기 몇몇 사람들의 발언으로 추정해보면, 분명 그 시대에는 손에 넣을 수 있었다. 조선 전기 대표적인 문신들이 함께 편찬한 『동국여지승람』(東國興地勝覽) 중 「경상도 경주부」(慶尙道 慶州府)의 "용장사" 조항을 보면, 김시습이 용장사에 은거했으며 현전(現傳)하는 그의 저작 중에는 『금오신화』를 꼽을 수 있다고 쓰여 있다. 어숙권(魚叔權, ?-?)도 『패관잡기(稗官雜記)』에서 세상에 전하는 중요한 '소설'(小說)로 여러 책을 꼽았는데, 그중에 『금오신화』가 포함되어 있다.

『금오신화』를 구해 읽고 기록을 남긴 사람도 있다. 이황과 비슷한 시기에 활동한 성리학자 김인후(金麟厚, 1510-1560)다. 그는 윤예원(尹禮元)이라는 이에게 『금오신화』를 빌려서 읽은 뒤 시 한 편을 남겼다.

> 금오거사가 전하는 『금오신화』
> 흰 달 아래 찬 매화 완연히 여기 있네.
> 잠시 빌려서 병든 내 눈 문지르니
> 덕분에 두통이 시원하게 낫는구나.
> 金鰲居士傳新話　　白月寒梅宛在玆
> 暫借河西揩病目　　頭風從此快痊之
> -김인후, 「윤예원에게 『금오신화』를 빌리다[借金鰲新話於尹禮元]」, 『하서집(河西集)』 권 7)

김인후는 16세기를 대표하는 조선의 성리학자 중 한 명으로 손꼽힌다. 그런 그가 『금오신화』를 빌려 읽고 두통이 사라졌노라며 한시를 남겼다. 그는 '신화'(新話)가 김시습이 지은 책이라고 주(註)를 달아놓기까지 했다.

한편 이황(李滉, 1501-1570)은 허봉에게 보내는 답신에서 김시습을 다음과 같이 평했다.

> 매월당은 일종의 이인(異人)이어서 숨겨진 것을 찾고 괴이한 짓을 행하는 무리에 가깝지만, 그가 처한 세상이 그러했기 때문에 결국 높은 절의를 이룩했을 뿐이다. 그가 유양양(柳襄陽)에게 보낸 편지라든지 『금오신화』와 같은 부류의 글을 보면 아마도 높은 식견을 가진 사람이라고 하지는 못할 것으로 여겨진다.
>
> -『퇴계문집』권33

이 언급으로 미루어 볼 때 이황이 『금오신화』를 읽은 것은 분명하다. 당시 사람들이 김시습을 생육신의 한 명으로 추앙하고 있지만, 시대가 그를 절의 있는 사람으로 만들었을 뿐 그의 사상이 심오하다고 할 수는 없다는 것이 발언의 요체다.

한편 송시열(宋時烈, 1607-1689)은 『금오신화』를 구하려고 애썼던 인물이다. 그는 김시습의 절의를 높이 평가하던 터라 이 책을 꼭 읽고 싶었던 것 같다. 수소문 끝에 조광정(趙光庭, 1552-1638)이 가지고 있다는 말을 듣고 빌려달라는 편지를 보냈다. 그러나 조광정에게 온 답장의 내용은 무척 실망스러웠다. "『금오신화』는 원래부터 제 집에 없었습니다. 형(兄)께서 들으신 소문은 아마 와전된 듯싶습니다." 이후 송시열이 과연 『금오신화』를 읽었는지는 알 수 없지만, 그만큼 그 책에 대한 궁금증이 당시 지식인들 사이에 널리 퍼져 있었음은 분명하다.

『신독재수택본전기집』(愼獨齋手澤本傳奇集)이라는 전기소설집이 있다. 1950년대 중반 국문학자 정병욱이 발굴한 이 책에는 중국 소설과 함께 조선의 소설이 여러 편 수록되어 있다. 누가 필사한 것인지는 정확히 밝혀내기 어렵지만, 책의 중간 부분에 17세기 중엽의 이름난 성리학자 신독재(愼獨齋) 김집(金集, 1574-1656)의 이름으로 된 교열기가 적혀 있다. 그렇다면 이 책의 독자는 적어도 그 이전의 사람들일 것이다. 흥미롭게도 여기에 『금오신화』 중 「만복사저포기」와 「이생규장전」이 필사되어 있다. 전편이 모두 전하고 있었는데 두 편만 필사한 것인지, 아니면 전부터 두 편만 전하고 있어서 그렇게 한 것인지는 알 수 없다. 하지만 적어도 이 시기까지는 많은 사람이 『금오신화』의 전편을 읽었다는 증거가 아니겠는가.

여러 사료를 토대로 판단해보면, 『금오신화』는 임진왜란 이전까지 이 땅의 지식인들에게 널리 읽혔다는 사실을 알 수 있다. 게다가 당대 최고의 유학자인 김집이나 송시열 등이 『금오신화』에 대한 호의를 드러낸 걸 보면, 김시습의 글이 단지 '소설'이라는 이유로 배척당하기만 한 것은 아닌 듯하다.

7년간의 임진왜란을 거치는 동안 수많은 서책이 불에 타거나 약탈되어 한반도에서 사라졌다. 『금오신화』도 마찬가지였다. 마음만 먹으면 얼마든지 책을 구할 수 있었을 법한 당대 최고 지성 송시열조차 이 책을 손에 넣을 수 없었다. 임진왜란 이후에는 어떤 기록에서도 『금오신화』를 읽었다는 언급을 찾아볼 수 없다. 그렇게 『금오신화』는 조선 후기 지식인들에게 하나의 전설이 되었다.

(2) 『금오신화』 판본에 대하여

수백 년 동안 자취를 감췄던 『금오신화』가 다시 이 땅의 지식인들에게 소개된 것은 전적으로 육당(六堂) 최남선(崔南善, 1890-1957)의 공로다. 그는 1927년 『계명』(啓明) 제19호에 일본에서 발견한 『금오신화』 전문을 소개하고 「금오신화 해제」를 덧붙였다. 이로써 오랫동안 잊혔던 『금오신화』가 다시 빛을 보게 되었다.

임진왜란 이후 조선에서 흔적이 사라졌던 『금오신화』는 일본에서 모습을 드러냈다. 현재 남아 있는 판본을 중심으로 살펴보자. 1653년 간행된 화각본[273] 『금오신화』[승응본(承應本)이라고 함]가 내각문고(內閣文庫) 소장본으로 남아 있고, 1660년 간행된 만치본(萬治本)이 교토대학과 와세다대학에 있다. 또한 덴리대학과 교토대학, 하버드 옌칭 연구소 등지에 소장된 1673년 판본인 '관문본'(寬文本)이 있다. 그러나 우리에게 널리 알려진 것은 '대총본'(大塚本) 혹은 '명치본'(明治本)이라고 불리는 1884년 판각본이다. 최남선이 우리 땅에 다시 소개한 것도 바로 이 판본이다.

일본의 판본을 살펴보면, 임진왜란 때 흘러 들어간 『금오신화』는 사람들의 인기에 힘입어 여러 차례 간행된 것을 알 수 있다. 판본에 따라 구성이 다른 경우도 있지만, 대체로는 저자의 전기를 기록한 「김시습전」을 앞쪽에 배치하고 훈점(訓點)[274]을 붙여서 작품을 차례대로 수록했다. 이들이 붙여둔 김시습 전기에는 오류가 일부 발견되기는 하지만(예를 들어 '金時習'을 '金始習'으로 표기하거나 그의 관향인 '江陵'을 '光山'으로 표기하는 수준), 전반적으로 김시습의 생애를 잘 정리해놓았다. 이 기록은 일본에 전해진 조선의 판본을 참고한 것으로 보인다. 그러나 조

273 일본에서 목판으로 인쇄한 책을 이르는 명칭
274 뜻을 새겨 읽을 수 있도록 한문에 다는 반점(返點)

선에서 간행했다는 기록 또는 증거가 없는 상태에서, 과연 일본으로 전해진 것이 판각본이었는지 필사본이었는지에 대한 이견이 여전히 상존한다.

한편 중문학자 최용철은 1999년 중국 다롄도서관(大連圖書館)에서 조선의 판각본 『금오신화』를 발견한다. 이 책은 임진왜란 당시 일본군에게 약탈당한 뒤 계속해서 일본인이 소장했던 것으로 확인되었다. 최용철에 따르면 광활한 식민지를 꿈꾸었던 일본은 남만주철도주식회사를 통해 동양 제일의 도서관을 만들 계획을 세웠다. 그 과정에서 조선간본 『금오신화』가 수집된 것으로 보인다.

『금오신화』를 우리나라에서 판각한 사람은 조선 중기의 문신 윤춘년(尹春年, 1514-1567)이었다. 그는 16세기 후반 조선의 출판문화에 지대한 역할을 했다. 임기(林芑, ?-1592)와 함께 『전등신화구해』(剪燈新話句解)라고 하는 주석집을 내기도 했던 윤춘년은 평소 김시습을 존경했으며, 선조의 명을 받아 『매월당집』 편찬에 주도적인 역할을 했다. 따라서 그가 『금오신화』 판각에 힘을 쏟았던 것은 당연한 일이다. 다롄도서관에 소장된 조선간본 『금오신화』의 첫머리를 보면 윤춘년이 편집했다는 기록이 명확하게 남아 있다.

임진왜란 전 조선에서 간행되어 읽히던 『금오신화』는 이후 일본으로 건너가 여러 차례 판각을 거치며 인기를 끌다가 20세기에 들어서야 비로소 이 땅에 다시 모습을 드러냈다. 불우한 시대에 가슴 아파하면서 천하를 방랑하던 김시습의 간고(艱苦)한 삶처럼, 그의 책도 신산(辛酸)한[275] 유랑을 하며 세상의 한 귀퉁이에서 제 모습을 겨우 보존하

275 세상살이가 힘들고 고생스러운

고 있었던 것이다.

(3) 다섯 편의 아름다운 이야기

『금오신화』에 수록된 첫 번째 작품은 '만복사의 저포놀이'라는 뜻을 지닌 「만복사저포기」다. 전라도 남원의 만복사에 부모님을 일찍 여의고 홀로 살아온 양생(梁生)이라는 총각이 살고 있었다. 무척 외로웠던 그는 어느 날 부처님에게 저포놀이를 제안하면서, 만약 자기가 이기면 아름다운 아가씨를 만나게 해달라고 빈다. 물론 양생이 이길 수밖에 없는 내기였다. 마침 이날에는 풍속에 따라 사람들이 절에 와서 소원을 빌었다. 불단 아래 숨어 지켜보던 양생 앞에 아리따운 아가씨가 나타난다. 그녀는 배필을 점지해달라며 부처님께 호소한다. 그 말을 들은 양생이 용기를 내서 그녀 앞으로 나섰고, 두 사람은 기쁜 마음으로 인연을 맺는다.

양생은 아가씨의 초대로 그녀 집을 방문하는데, 방이 무척 쓸쓸한 느낌이 든다. 초당에서 두 사람이 함께 지낸 지 사흘째 되는 날, 아가씨가 양생에게 말한다. 이곳에서의 사흘은 인간 세상의 3년과 같으므로, 이제는 헤어져야 한다는 것이다. 그러고는 마지막 날 저녁 이웃 여인들을 초대해서 술을 나누고 시를 읊으며 즐긴다. 헤어질 때가 되자 아가씨는 은그릇을 양생에게 주면서, 내일이 자신의 제삿날이니 이걸 들고 보련사 앞에서 기다리라고 한다.

그녀의 말을 따라 양생이 보련사 앞에 서 있을 때 대단한 집안의 행렬이 지나가다가 멈춘다. 그러고는 양생에게 은그릇을 갖게 된 연유를 묻는다. 양생은 아가씨와 맺은 인연을 이야기한다. 알고 보니 그녀는 이 땅을 침략한 왜구의 손에 살해당한 사람이었고, 은그릇은 장례를 치를 때 관에 시신과 함께 넣은 물건이었다. 양생의 이야기를 들은 아가씨의 부모는 재를 올리는 곳으로 그를 데려갔고, 그곳에서 양생과 아가씨는 마지막 이별을 하게 된다. 그 후 양생은 재산을 전부 처분하고 지리산으로 들어간다.

두 번째 작품은 '이생이 담 너머 아가씨를 엿보다'라는 제목의 「이생규장전」이다. 송도(松都, 지금의 개경)를 배경으로 성균관 유생인 이생과 최랑(최씨 처녀)의 사랑을 다루었다. 최랑에게 푹 빠진 이생이 밤마다 몰래 그녀를 찾아가자 이를 눈치챈 이생의 아버지는 그를 울주(蔚州, 지금의 울산)의 농장으로 보내어 공부에 열중하도록 한다. 그러나 두 사람의 굳센 의지와 사랑을 막을 도리가 없었던 양가는 결국 혼인을 허락한다. 그리고 이생이 과거에 급제해 이름을 널리 알리면서 부부는 더할 나위 없는 행복을 맛본다.

그러던 어느 날 홍건적의 난이 일어나서 온 나라가 전란에 휩싸인다. 이생은 가족을 데리고 산속으로 허겁지겁 달아났지만 뒤따라온 홍건적 때문에 아내와 헤어진다. 겁탈당할 위기에 처한 최랑은 끝까지 항거하다가 결국 살해당한다. 이런 사실을 모른 채 도망 다니던 이생은 전란이 끝났다는 소식을 듣고 집에 돌아오지만, 눈앞에는 황폐한 터만 보일 뿐이다.

밤늦도록 옛일을 회상하며 탄식하고 있을 때, 발소리가 들려서 고개를 돌려보니 죽은 줄로만 알았던 최랑이 나타났다. 두 사람은 재회의 기쁨을 함께 누린다. 그녀는 자기가 이미 죽은 몸이라는 사실을 털어놓으면서, 이생만 괜찮다면 함께 살자고 한다. 그렇게 둘은 행복한 나날을 보낸다. 다시 만난 지 3년이 지난 어느 날, 최랑은 이별의 순간이 왔노라고 알린다. 최랑이 떠난 뒤 이생은 그녀의 유골을 수습해서 부모의 묘소 옆에 묻고, 본인도 몇 달 뒤 세상을 떠난다.

「만복사저포기」와 「이생규장전」은 『금오신화』에 수록된 작품 중에서도 가장 인기가 높았다. 인간과 귀신이 얽힌 이야기면서 남녀의 사랑이 담겨 있기 때문이다. 중국 전기문학의 영향을 받기는 했지만, 작품의 배경에 우리나라의 현실을 그대로 반영해서 독자의 몰입도를 높였다. 남원 인근까지 쳐들어와 약탈을 자행했던 왜구라든지 고려 말 홍건적의 난은 우리 민족에게 깊은 상흔을 남겼고, 김시습이 살던 때까지도 그 여파가 미쳤다. 난리가 나면 사회적 약자라고 할 수 있는 아이와 노인, 여성이 가장 큰 피해를 입는다. 이런 사실이 배경에 녹아 있는 이 작품들을 읽으면서, 독자는 작가가 당대의 현실을 그려낸 듯하다는 느낌을 받았을 것이다.

세 번째 작품은 '술에 취해 부벽정에서 노닌 이야기'라는 뜻의 「취유부벽정기」다. 개경 출신의 부자 홍생(洪生)은 평양에 왔다가 친구와 술을 마신 뒤 밤에 혼자 부벽정에 오른다. 그곳에서 시를 지어 망국의 슬픔을 노래하다가 아름다운 여인을 만난다. 그녀는 은나라 기자(箕子)의 딸인데, 위만에게 나라를 빼앗긴 뒤 하늘로 올라가서 선녀가 되었다고 자기를 소개한다. 홍생이 시를 청하자 여인은 일필휘지로 내리쓴 뒤 홀연 난새를 타고 하늘로 올라간다. 이후 홍생은 기자의 딸을 그리워하며 몸과 마음이 피폐해진다. 그러던 어느 날, 여인의 시녀가 찾아와 소식을 전한다. 옥황상제가 홍생을 견우성 막하에 배치해서 종사관으로 임명했다는 것이다. 놀라서 깨니 꿈이었는데, 홍생은 자신의 운명을 알고 깨끗한 몸으로 죽음을 맞는다.

이 작품은 평양이 가진 역사성을 부각하면서, 이른바 '고조선 시대'라고 하는 고대사를 환기하고 있다. 특히 기자조선의 상징성 혹은 정통성이 위만조선에게 무너졌다는 인식을 명확히 드러냄으로써 조선 전기 지식인들의 고대사 인식을 잘 보여준다. 이 시기는 유교 국가 건설이라는 명분에 따라 기자조선이 강조되던 때였다. 물론 이 작품에서는 언급되지 않았지만, 김시습이 살던 당시 조선의 지식인들은 단군을 중심으로 고대사의 흐름을 만들어가고 있었다. 단군에 대한 존경과 자부심이 조선 중기보다 훨씬 다양하게 나타났다. 기자조선이 단군조선을 이어받으면서 이 땅의 문화를 얼마나 찬란하게 꽃피웠는지 자랑스러워하기도 했다. 그들의 시각으로 보면 위만은 정치적·문화적 정통성을 무너뜨린 원흉이며, 김시습은 이 일을 언급함으로써 당대 사회에 대한 비판적 시각을 드러낸다. 명시적으로 다루지는 않았으나 독자에게 세조의 왕위 찬탈을 환기시킨 것이다.

네 번째 작품은 「남염부주지」다. 경주에 사는 박생(朴生)은 평소 유학을 열심히 공부했으나 과거에는 늘 낙방했다. 그는 이단적인 학설에 빠지지 않도록 「일리론」(一理論)이라는 글을 지어서 스스로 경계했으며, 승려와 토론하면서 불교의 허황함을 논증하기도 했다. 그만큼 그는 불교를 믿지 않는 인물이었다.

어느 날 박생은 꿈속에서 바다 한가운데 있는 섬인 '남염부주'로 가게 된다. 그는 그곳을 다스리는 염왕을 만나 평소 관심 있던 주제에 관해서 토론한다. 박생의 학식에 놀란 염왕은 자신의 임기가 곧 끝나니 후임으로 와서 이곳을 다스리라고 그에게 요청한다. 잠에서 깨어난 박생은 자기가 꾼 꿈이 범상치 않다는 것을 깨닫고, 집안일을 정리한 뒤 죽음을 맞이한다. 그가 죽던 날 밤, 마을 사람들의 꿈에 신인이 나타나서 박생이 남염부주의 왕으로 갔다는 소식을 전한다.

이 작품은 김시습의 사상적 경향을 잘 드러낸다. 유교에서 출발해

평생을 승려 신분으로 살아갔으며 우리 도교사(道教史)에도 흥미로운 기록을 남긴 김시습은, 사상적으로 삼교원융(三教圓融)한[276] 새로운 사유를 넓혀나간 인물이다. 유불도(儒佛道)를 하나로 엮어내면서 다양한 글을 썼던 그는 조선 초기 이기론(理氣論)[277]의 수준을 잘 보여주는 여러 논설들, 『화엄경』(華嚴經)과 『십현담』(十玄談) 그리고 『법화경』 등 불교의 주요 경전을 탁월하게 해석한 주석서들, 도교 수행에 대한 흥미로운 논설들을 두루 남겼다. 「남염부주지」는 오직 유교만을 공부하던 한 선비가 염왕의 초대로 염부주를 구경하게 되고, 염왕과 의견을 주고받은 뒤 후임자로 지목된 이야기다. '토론 소설'이라 해도 과언이 아닐 만큼 작품 속에서 풍성한 사상의 향연이 펼쳐진다.

다섯 번째 작품은 용궁 잔치에 갔다는 뜻의 「용궁부연록」이다. 고려 시대 개성에 살고 있던 한생(韓生)은 문장을 잘 짓기로 전국에 이름이 높았다. 하루는 푸른 옷을 입은 두 사람이 공중에서 내려오더니, 천마산 박연폭포 아래에 사는 용왕의 명으로 한생을 모시러 왔다고 말한다. 용왕은 한생을 정중히 맞이하고 융숭하게 대접했는데, 때마침 한강, 임진강, 벽란도를 관장하는 신들이 도착한다. 잔치 분위기가 한창 무르익었을 때 용왕은 한생에게 글을 한 편 부탁한다. 딸을 위해 가회각(嘉會閣)이라는 건물을 지었는데, 거기 쓸 상량문(上樑文)[278]을 지어달라는 것이다. 한생은 즉시 글을 지어 올렸고, 기분이 좋아진 용왕은 용궁의 여러 재사들을 불러 재주를 부리게 한다. 그 후 한생은 용

---

276 '삼교'는 유교와 불교와 도교를 말하며, '원융하다'는 모든 법의 이치가 완전히 하나로 융합해 구별이 없다는 뜻이다.

277 이(理)와 기(氣)의 원리를 통해 우주의 모든 현상을 설명하는 성리학 이론

278 집을 새로 짓거나 고친 뒤 상량할(마지막으로 마룻대를 올림) 때 축복하는 글

궁의 여러 곳을 두루 구경한 뒤 집으로 돌아온다. 눈을 떠보니 품속에는 용왕에게 선물로 받은 구슬과 비단이 그대로 있어서 꿈이 아니라는 사실을 알 수 있었다. 이후 한생은 세상의 명리를 구하지 않고 명산으로 들어가서 자취를 감추었다고 한다.

글솜씨가 뛰어난 사람이 용왕이나 옥황상제의 초대를 받아 상량문을 쓰는 화소(話素)[279]는 우리 문학사에서 심심찮게 볼 수 있다. 그러나 한생은 단지 용왕을 위해 용궁의 상량문을 쓰는 것에 그치지 않고 작품에 등장하는 여러 신들과 시를 화답하면서 빼어난 문사의 면모를 유감없이 발휘한다. 특히 그가 용궁을 구경하면서 묘사한 내용은 김시습이 어렸을 때 세종의 후의(厚意)로 구경했던 조선의 궁궐이 투사되었다 해도 과언이 아닐 만큼 아름답고도 사실적이다.

김시습은 『금오신화』에서 뛰어난 문장을 선보이는 동시에 자신의 장기라 할 수 있는 한시 창작 능력을 멋지게 드러낸다. 이야기의 주요 고비마다 한시가 등장하기 때문에 『금오신화』를 '시소설'(詩小說)로 불러야 한다는 연구자도 있다. 물론 오늘날의 독자들에게는 이런 형식이 낯설 수밖에 없으니, 어쩌면 한시가 작품의 몰입도를 저해하는 요소로 치부될 수도 있을 것이다. 그러나 서사가 이어지던 중 인물의 심리를 묘사할 때는 어김없이 한시가 등장한다. 조금 버겁더라도 한시를 음미하며 읽다 보면, 김시습이 묘사하려 했던 작중 인물의 심정에 훨씬 가까이 다가갈 수 있다.

---

279 소설 등에서 이야기를 구성하는 최소 단위

4. 귀신의 목소리로 드러내는 역사 인식과 인간의 욕망

'전기'(傳奇)라는 갈래는 당나라 때 성행했는데, 주로 귀신과 사람 사이의 사랑 이야기를 다룬다.『금오신화』가 중국의 전기집『전등신화』의 영향을 받아 창작한 것이라는 점에는 딱히 이의를 달기 어렵다. 하지만 중국 작품을 그대로 모방한 것은 결코 아니다. 읽어보면 누구나 쉽게 차이점을 인식할 만큼 두 작품집은 변별성을 지녔다. 특히 김시습은 고려 말 이후의 우리 역사를 이야기 속에 적극 끌어들였으며, 지명이나 풍속 역시 우리의 것을 사용했다.

『금오신화』에 수록된 다섯 작품이 전부 재미있다고는 볼 수 없다. 독자들에게 가장 흥미로운 작품을 꼽아보라고 하면 아무래도 「만복사저포기」와 「이생규장전」이라고 답할 것이다. 여러 이유가 있겠지만, 다른 작품에는 김시습의 사유를 생경하게 드러내는 논설 부분이 다수 포함된 반면, 위의 두 작품은 귀신과 사람 사이의 사랑 이야기를 다루었기 때문이다.

흥미롭게도 두 작품에 등장하는 귀신은 모두 여성이다. 이는『전등신화』도 마찬가지다. 남자 귀신은 찾아보려야 찾을 수 없다. 왜 그런지 궁금증을 가지고 범위를 넓혀서 조사하다 보면, 우리 설화 속에서는 본디 남자 귀신을 찾기 힘들다는 사실을 발견하게 된다. 몽달귀(총각 귀신)나 씨름을 하자고 덤벼드는 도깨비가 남성 이미지를 갖기는 했지만, 우리의 전통적인 설화 속 귀신은 대체로 여성이다. 동아시아에서는 어째서 여자 귀신이 이렇게 횡행한 것일까?

그동안『금오신화』연구자들의 노고로 작품 속 내용이 뜻하는 바가 상당히 밝혀졌다. 김시습은 어렸을 때 경험했던 궁궐 이미지, 세종을 비롯 왕에 대한 애틋한 사모의 정, 세조의 왕위 찬탈에 대한 반감,

시대와의 불화로 인한 울분, 시대를 향한 자신의 생각 등을 다양한 방식으로 드러냈다고 한다.

어떤 작품이든 그 속에는 작가의 삶을 반영한다. 「용궁부연록」에 묘사된 용궁의 모습은 어린 시절 경험했던 것으로 알려진 조선의 궁궐이 반영되어 있다. 「취유부벽정기」에서 만난 여인이 만들어낸, 쓸쓸하면서도 낭만적인 분위기는 잃어버린 청소년기의 꿈에 대한 일종의 헌사로 읽히기도 한다. 그렇게 본다면, 김시습은 어린 시절의 체험과 생각을 작품 속에 아름다운 문체로 담아냈다고 볼 수 있다.

『금오신화』의 백미는 아무래도 「만복사저포기」와 「이생규장전」을 꼽을 수밖에 없다. 앞서 언급한 『신독재수택본전기집』에서도 두 편을 필사했거니와, 그만큼 이 작품들은 독자들에게 인기를 끌었다. 기이한 사랑 이야기라서 그렇기도 하겠지만, 나머지 작품들과는 달리 논설과 비슷한 글이 거의 없고 아름다운 시문(詩文)으로 이루어졌기 때문에 널리 읽혔을 것이다.

사랑 이야기라고는 하지만 두 작품의 기본 얼개는 죽은 여자와 살아 있는 남자의 사귐이다. 귀신은 이승에서 못다 한 인연을 맺기 위해 남자를 만나고, 인연이 다하자 남자와 이별한다. 남자 입장에서는 억울하기 그지없다. 남자는 여자 귀신이 하늘로 떠나버린 뒤에도 그녀에 대한 추억을 버리지 못하고 세상을 등진다. 귀신 입장에서 보면, 나름의 아쉬움과 미안함을 가질 수밖에 없다. 귀신은 자신의 처지를 남자 주인공에게 털어놓음으로써 속내를 드러낸다. 그렇게 드러내는 속내야말로 작가 김시습이 하고 싶었던 이야기가 아닐까?

「만복사저포기」의 여자 귀신은 하늘로 올라가기 전 양생에게 자신의 심정을 전한다. 그녀는 평생 검소하고 부지런한 아낙네로서 남편을 받들며 살아가고 싶어 했다. 「이생규장전」의 여자 귀신 역시 규중의 법도를 지키면서 남편과 오래도록 함께 살고 싶었다는 이야기를 한다. 그녀들은 한결같이 평범한 아낙네의 삶을 갈망하고 있다. 그렇지만 시대의 굴곡은 그녀들을 비껴가지 않았다. 왜구가 쳐들어오는 바람에 죽음을 당하고, 홍건적의 난리 통에 목숨을 잃는다. 원치 않던 고난을 맞닥뜨리고 보니 목숨을 부지할 길이 없었다.

김시습은 바로 그런 상황을 보여줌으로써 현실의 냉혹함과 사랑의 숭고함을 드러내려 했던 것이 아닐까? 자신도 세조의 왕위 찬탈이라는 원치 않던 역사의 현장에서 어찌할 바를 모르다가 방랑의 길에 들어선, 기구한 운명의 담지자(擔持者)가 되었던 것처럼, 작품 속의 여자 귀신들도 원치 않았던 고된 삶을 살았다. 그들이 세상의 대단한 부귀영화를 바란 적이 있었던가? 아니다. 그저 평범한 인간으로 살아가길 갈망했을 뿐이다.

귀신의 목소리로 독자에게 이야기를 건네지만, 그녀들의 하소연을 곱씹어보면, 그건 죽은 사람들의 소망이 아니라 지금도 숨 쉬며 살아 있는 우리의 소망이라는 사실을 깨닫는다. 귀신을 통해서 인간의 삶을 드러내려는 것이다. 무엇보다 귀신의 목소리에서 우리는 김시습의 숨결을 느낄 수 있다.

백 년 뒤 내 무덤에 무얼 적으려거든,
꿈꾸다가 죽은 늙은이라고 해야 마땅하리라.
百歲標余壙 當書夢死老
-『매월당문집』권 14 〈나 태어나〉[我生] 중에서

참고 문헌

김풍기, 「조선 초기 문명사의 전환과 김시습의 유금오록」(『한민족문화연구』 제62집,

　　　한민족문화학회, 2018)

김풍기, 『조선 지식인의 서가를 탐하다』(푸르메, 2009)

심경호, 『김시습 평전』(돌베개, 2003)

정학성, 『역주 17세기 한문소설집』(삼경문화사, 2000)

최용철, 『금오신화의 판본』(국학자료원, 2003)

김시습 연보

1435년(세종 17) 한양 성균관 북쪽에서 아버지 김일성과 어머니 선사 장씨의 장남으로 태어남. 태어난 지 8개월 만에 스스로 글을 깨침. 이웃의 최치운이 '시습'이라는 이름을 지어줌.

1437년(세종 19) 외조부에게 배워서 시를 짓기 시작함. 『정속』, 『유학자설』, 『소학』등을 공부함.

1439년(세종 21) 당대의 탁월한 학자 이계전의 문하에서 『중용』, 『대학』등을 공부함. 성균관에서 사예를 지내던 조수가 자를 '열경'이라고 지어줌. 신동이라는 소문이 퍼짐. 정승 허조가 찾아와 재주를 시험하고, 세종이 지신사 박이창을 시켜서 글을 짓게 함.

1447년(세종 29) 5세부터 이때까지 대사성 김반과 사성 윤하의 문하에서 사서오경을 배우고, 자기 힘으로 제자백가를 독파함.

1450년(세종 32) 어머니가 세상을 떠남.

1452년(문종 2) 송광사에서 준상인에게 불법을 배움. 이즈음 남효례의 딸과 혼인함.

1453년(단종 1) 과거에 낙방함.

1455년(세조 1) 삼각산 중흥사에서 공부하던 중 단종의 양위 소식을 듣고 서책을 불사른 뒤 집을 떠나 강원도 김화로 들어감.

1456년(세조 2) 사육신사건이 일어난 뒤 방랑길에 오름.

1458년(세조 4) 관서 지방을 유람하고 「유관서록」(遊關西錄)을 씀.

1460년(세조 6) 관동 지방을 유람하고 「유관동록」(遊關東錄)을 씀.

1462년(세조 8) 준상인과 재회하고 그에게 시 20수를 바침. 경주 금오산에 터를 잡음.

1463년(세조 9) 호남 지방을 유람하고 「유호남록」(遊湖南錄)을 씀. 효령대군의 추천으로 한양에서 『법화경』(法華經) 언해 사업에 참여함.

1465년(세조 11) 용장사 부근에 금오산실을 짓고 은거하며 저술에 몰두함. 금오산에 은거하는 동안 『금오신화』(金鰲新話)를 씀. 효령대군의 요청으로 한양에서 열린 원각사 낙성회에 참석함.

1468년(세조 14) 금오산에서 「산거백영」(山居百詠)을 씀.

1472년(성종 3) 새 조정에서 일하겠다는 포부를 안고 상경했으나 뜻을 이루지 못하자 수락산에 터를 잡고 은거함.

1473년(성종 4) 『유금오록』(遊金鰲錄)을 씀.

1475년(성종 6) 불교 경전을 주석한 『십현담요해』(十玄談要解)를 씀.

1481년(성종 12) 환속하고 조상의 제사를 지냄. 안씨와 혼인하지만 얼마 지나지 않아 상처하고(연대 미상) 1482년 폐비윤씨사사사건이 일어나자 다시 방랑길에 오름.

1485년(성종 16) 「독산원기」(禿山院記)를 씀.

1490년(성종 21) 삼각산 중흥사에 머물던 중 김일손과 남효온의 방문을 받고, 함께 백운대와 도봉산을 유람함.

1491년(성종 22) 설악산으로 들어감.

1492년(성종 23) 충청도 홍산현 무량사로 들어감.

1493년(성종 24) 『묘법연화경』의 발문을 씀. 3월에 무량사에서 병으로 세상을 떠남.

1511년(중종 6) 임금이 이자에게 김시습의 문집을 발간하도록 명함.

1521년(중종 16) 이자가 수집한 자료를 엮어서 『매월당집』을 발간함.

1582년(선조 15) 율곡 이이가 선조의 명을 받아 「김시습전」을 씀.

1583년(선조 16) 문신 이산해의 서문이 담긴 『매월당집』이 왕명으로 교서관(운각)에서 간행됨.

1670년(현종 11) 경주 용장사 경내의 오산사에 봉안됨.

1686년(숙종 12) 수락산 동봉 영당에 봉안됨.

1706년(숙종 32) 함안 서산서원에 배향됨.

1707년(숙종 33) 사헌부 집의에 추증됨.

1782년(정조 6) 원호, 남효온, 성담수 등과 함께 이조판서에 추증됨.

1784년(정조 8) 정조에게 '청간'이라는 시호를 받음.

1791년(정조 15) 영월 창절사(1828년 '창절서원'으로 개칭)에 배향됨.

1927년 후손 김봉기가 『매월당집』을 연활자본으로 중간함.

김시습의 사리를 안치했던 무량사 김시습 부도(© 국가문화유산포털)

옮긴이 김풍기

강원도 강릉 출신으로 강원대학교를 졸업하고 고려대학교 대학원 국어국문과에서 석·박사 학위를 받았다. 현재 강원대 국어교육과에서 학생들을 가르치고 있다. 한국 고전문학과 한시를 통해 다양한 사유를 접했고, 이를 대중이 쉽게 이해할 수 있는 언어로 풀어서 소개하고 있다. 주요 저서로 『한국 고전소설의 매혹』, 『선물의 문화사』, 『시힘』, 『김풍기 교수와 함께 읽는 오언당음』, 『어디 장쾌한 일 좀 없을까』, 『한시의 품격』, 『조선 지식인의 서가를 탐하다』 등이 있고, 역서로는 『완역 옥루몽』, 『세계 최고의 여행기, 열하일기』 등이 있다.

현대지성 클래식 55

금오신화

1판 1쇄 발행 2024년 3월 14일
1판 2쇄 발행 2024년 8월 5일

지은이 김시습
옮긴이 김풍기
그린이 한동훈
발행인 박명곤 **CEO** 박지성 **CFO** 김영은
기획편집1팀 채대광, 김준원, 이승미, 이상지
기획편집2팀 박일귀, 이은빈, 강민형, 이지은, 박고은
디자인팀 구경표, 임지선
마케팅팀 임우열, 김은지, 전싱미, 이호, 최고은

펴낸곳 (주)현대지성
출판등록 제406-2014-000124호
전화 070-7791-2136 **팩스** 0303-3444-2136
주소 서울시 강서구 마곡중앙6로 40, 장흥빌딩 10층
홈페이지 www.hdjisung.com **이메일** support@hdjisung.com
제작처 영신사

ⓒ 현대지성 2024

"Curious and Creative people make Inspiring Contents"
현대지성은 여러분의 의견 하나하나를 소중히 받고 있습니다.
원고 투고, 오탈자 제보, 제휴 제안은 support@hdjisung.com으로 보내 주세요.

 현대지성 홈페이지

이 책을 만든 사람들
기획·편집 김준원 **디자인** 구혜민

"인류의 지혜에서 내일의 길을 찾다"
현대지성 클래식

현대지성 클래식 살펴보기